吸血鬼愛好会へようこそ

赤川次郎

集英社文庫

イラストレーション／ホラグチカヨ
目次デザイン／川谷デザイン

吸血鬼愛好会へようこそ

CONTENTS

吸血鬼愛好会へようこそ

吸血鬼愛好会へようこそ

夜の散歩

それは、美女を待っていた。

あるいは、清純な乙女、まだ大人の世界の毒に汚されていない娘を……。

待っていた。——長く。ずっと待ち続けていたのである。

夜は長かった。そして、寒かった。早春の、昼間にはときに汗ばむほどの陽気でも、やっと三月に入ったばかり。こんな真夜中には、めっきり冷え込んでくる。

「畜生……」

と、コートのえりを立てて、彼は呟《つぶや》いた。

「選んだ場所が悪かったかな」

しかし、条件を満たすことは、なかなかむずかしい。暗くて、人通りが少なく、大声を出されても、一一〇番などされない所。

そんな場所を、今の東京の中で捜すのは大変だ。それでいて、うら若い娘がひとりでそこを通りかからなくては困るのだから……。

そもそもの条件が矛盾《むじゅん》しているのである。夜遅く、こんな道をひとりで通る娘なんか、いるわけがない。

——もう、三時間も同じ場所に突っ立っていて、彼の足は棒のようになっていた。突拍子もない連想ではあるが、デパートの店員とか、一日中立ちっ放しの仕事って大変だな、と彼は同情したりしていた。

もう無理かな……。半ば諦《あきら》めかけたときだった。

コツ、コツ、コツ……。

足音が——それも、ハイヒールらしい靴音が、夜道を近づいてきたのである。

彼は、胸ときめかせ、祈るような思いで、道のわきの木立のかげに身を隠した。

人影が、ぼんやりとシルエットで見えてきた。女性には違いない。——もう少し近づくと、数少ない街灯の下を通るので、どんな女性か分かる。

頼むよ。襲われるにふさわしい美女であってくれ！　うら若き乙女か……。

街灯の明かりの下を、のんびり通り過ぎたのは——どうひいきめに見ても、「美女」とは程遠く、「うら若い」とも言えないタイプだったが……。

ま、いいじゃないか！「美人」かどうかなんて主観的なもんだし、年齢だって、うちのお袋よりゃ若い！

ともかく、これ以上待ってはいられない、と心を決めた。

よし。——まだだ。タイミングよく飛び出してやる。

彼は息を殺して、待ちうけていた。

やがて道の一番暗い辺りへと、その女性がさしかかる……。

今だ！——パッとコートを脱ぎ捨てると、

「止まれ！」

と、彼は叫んで、その女性の前に立ちはだかった。

「キャッ！」

相手はびっくりして（当たり前だが）、飛び上がった。——いいぞ！　この調子だ。

「ここを通ったのが、不運だったな……」

と、彼はもったいをつけた口調で言った。

「はあ？」

「お前の血をいただくぞ」

と、彼は、フワッとマントを広げた。

カチッと音がして、まぶしい光が、正面から彼を照らした。ペンシルライトを持っていたらしい。

「おい、よせ！　まぶしい！」

と、彼は顔をそむけた。

相手の女性は、ポカンとして彼を眺めていたが――。

「何よ」

フン、と鼻を鳴らして、

「何かのギャグ？　それとも〈ドッキリカメラ〉？」

「な、何を言うか！　お前の血を吸いとってやるのだ！」

「へえ。大きなヤブ蚊か」

「やぶ蚊？」

失敬な、と言おうとして――言葉にはならなかった。

その女性の固めた拳が、みごと彼の顎《あご》に命中、彼はドタッと尻もちをついて、ウーン、と呻《うめ》いたきり、のびてしまったのだ。

「おととおいで」

パッパと手をはたいて、その女性は、スタスタ行ってしまった。

「いてて……」

と、彼は顎をさすりながら、起き上がって、

「凄《すご》いパンチだ……」

と、ため息をついた。

やれやれ……。結局、また失敗か。

今夜はもう引き上げよう。

打ったお尻をさすりながら、ヨロヨロと、彼は歩きだした。

――脱いだコートを拾うのを、すっかり忘れてしまっていたのである。


「あら、小田切《おだぎり》君、どうしたの？」

N大のキャンパス。――君原《きみはら》さと子は三人の友人たちと一緒に、ゼミの担当教授の所へ行く途中だった。

「あ、君原君か……。いてて……」

「何よ、顎のところ」

「いや――何でもない」

小田切弘《ひろし》は、あわてて手で顎の青いあざを隠した。

「誰かに殴《なぐ》られたんだ」

と、君原さと子と一緒の女の子が面白がって、

「ケンカ？　それとも――分かった！　女の子に強引に言い寄って、パンチ食らったんでしょ」

小田切がドキッとした様子で、

「な、何言ってんだよ。――ちょっと急ぐから」

と、あわてて行ってしまう。

「ハハ、きっと図星ね」

「よしなよ、みどり」

と言ったのは——そう、ご覧の通り（といっても見えないだろうが）神代《かみしろ》エリカである。

「小田切君って真面目《まじめ》そうじゃない。そんなことしないよ」

「へえ、エリカ、気があるの、あの子に？」

「〈あの子〉は可哀《かわい》そうでしょ」

君原さと子は、ちょっと心配げに小田切弘の後ろ姿を見送っていたが……。

「ね、悪いけど、先に行ってて」

「さと子——どうしたの？」

「うん、ちょっと……」

君原さと子が、小田切を追っていく。

見送って、いつもの三人組、神代エリカ、大月千代子《おおつきちよこ》、橋口《はしぐち》みどりは、互いに顔を見合わせた。

「さと子、小田切君のこと、好きなのよ」

と、千代子が言った。

「千代子、どうして知ってるの？」

「話してりゃ分かるって。みどりは鈍《にぶ》いから気がつかないのよ」

「鈍くて悪かったわね」

と、みどりはふくれて（もともとだいぶふくれているが）、

「その代わり、学食のカレーの味には敏感よ」

「そんなこといいわよ」

と笑って、エリカは、

「さ、先に行ってようよ。皆川《みながわ》先生が待ってる」

――神代エリカは、改めて紹介するまでもなく、「本場もの」の吸血鬼、フォン・クロロックと日本女性とのハーフ。今は、父と、後妻の涼子《りょうこ》、その一粒種の虎ノ介《とらのすけ》と一緒に暮らしている。

高校時代からの仲良し、千代子とみどりは相変わらず、「細めと太め」のコンビで、N大二年生になっても、いっこうに変わる気配がない。

さて、三人組が一足先に、ゼミ担当の皆川教授の部屋へと向かって、一方君原さと子のほうは、芝生を駆けていって、小田切に追いつく。

「小田切君！」

「何だ……。いてて」

と、思わず声が出てしまう。

「どうしたのよ、いったい？」

「何でもないよ」

「何でもないことないでしょ」

さと子は、小田切の腕にギュッと自分の腕を絡《から》めて、

「さ、ちょっとお話ししよ！」

と、引っ張っていったのだった……。


「〈吸血鬼愛好会〉？」

と、さと子は訊《き》き返した。

「うん……。その入会資格で、夜中に、女の子を吸血鬼の格好でおどかして、気絶させることって条件があるんだ」

「呆《あき》れた！」

小田切と並んでベンチに座っているさと子は、信じられない、といった顔で、

「男の人って、どうしてそんな馬鹿なことするの？」

「好きでやってんじゃないよ」

と、小田切は、殴られた顎ができるだけ痛くならないように、ゆっくりとしゃべって

いた。

「じゃ、やめときゃいいでしょ」

「高校のときのクラブの先輩に誘われてて、断るわけにはいかないんだ」

「物好きねえ」

と、さと子は苦笑いした。

「何しろ今の女は強いからな。おとなしく気絶してくれる子なんて、いやしない」

「変なこと、こぼさないでよ」

さと子は、ちょっと考えていたが、

「――ねえ、いい考えがある」

「何だ？」

「私、気絶してあげる」

小田切は目を丸くして、

「君が？　だけど……」

「本当に気絶したってことにすりゃいいんでしょ？」

「まあ……な。でも、ちゃんと証拠写真をとらなきゃいけないんだ」

「写真？」

「地べたに引っくり返ってるとこ。――楽じゃないぜ」

「いいわよ。汚してもいい服着てくから」

と、さと子は言った。

「だからさ、どこって言わずに待ち伏せてて。私、気が小さいから、本当に気絶しちゃうかも。それに、気絶しなくても、本当にびっくりしないと、リアリティがないでしょ」

「うん……。まあ、そうなんだけど……」

と、小田切はためらっている。

「なあに？　私じゃ不服？　もっと可愛い子でないとだめ、とか」

「そんなんじゃないんだ。ただ……」

「ただ……。何よ？」

「うん。実は、もうひとつ――」

と、言いかけたときだった。

ふたりのベンチの前に、ヌッと男が立った。――ふたり。しかし、どう見ても大学生ではない。

どっちも四十は確実に過ぎている。

「――何ですか？」

と、小田切がそのふたりを見て訊くと、

「君は小田切弘というのか」

と、男たちのひとりが言った。

「そうですけど」

「ちょっと話が聞きたいんだ。一緒に来てくれるかな」

小田切とさと子は、目の前に差し出された警察手帳を、ポカンとして眺めていた……。


「お願いです！　何とかしてください！」

と、頭を下げる君原さと子を、エリカはやや複雑な表情で見ていた。

さと子は、エリカに向かって頭を下げているわけではなかった。さと子の話を聞いて深く肯《うなず》いているのは、エリカの父、フォン・クロロックだったのである。

「すると、警察は、その小田切とかいう子のコートを見つけたんだな」

「そうなんです。——殺人現場の近くに落ちていたって。でも、それで犯人扱いするなんて、ひどいと思いません？」

さと子が、泣き濡れた瞳で、じっとクロロックを見つめる。——こういうのには、いたって弱いクロロック、

「うむ、話はよく分かった。しかし、警察もそう馬鹿ではない。コートが落ちていたというだけで、逮捕したりはせんだろう」

すぐ希望を持たせるようなこと、言ったりして！　エリカはわきから父親をにらんでやったが、クロロックはいっこうに気づく様子もない。

「それで、皆川先生の部屋へ来なかったのね。どうしたのかと思ったわ」

エリカは、口を挟んだ。

ここはクロロック一家の住むマンション。

——もちろん、君原さと子が相談に来て悪いということはないのだが、エリカとしては、さと子の帰った後のほうが心配である。

何しろ、クロロックの妻、涼子はえらく若い（エリカよりひとつ年下である）だけに、やきもちやき。クロロックは、また完全にこの若妻の尻に敷かれている、ときている。

「でも、そんな〈吸血鬼愛好会〉なんてもの、初めて聞いたわ」

と、エリカは言った。

「誰が始めたの、いったい？」

「そこまで聞いてないの。そんな話をする前に連れてかれちゃったのよ」

「〈吸血鬼愛好会〉か……。まあ、ロマンに乏《とぼ》しい現代だ。吸血鬼が象徴する中世のロマンに魅力を感じる人間は少なくない。そういうものがあっても、不思議ではない」

クロロックは、大いに気に入っている様子だ。

「でも、お父さん、それがもし本当の殺人につながったら……。ロマンなんて言ってらんないわよ」

「真にロマンを愛する人間なら、そんな、喉《のど》を切り裂くなどという、野蛮なまねはせんだろう」

そう。小田切がノックアウトされた場所から、わずか数十メートルの所で、若い娘が殺されたというのだ。ちなみに、小田切を殴った女性とは別人らしい。

「怖いわ」

と、さと子が身震いする。

「まあ、たぶん変質者の犯行だろう」

と、クロロックが言った。

「心配することはない。あんたの好きな小田切という子は、すぐに釈放されるさ」

「本当ですか！」

と、さと子は飛び上がらんばかり。

「ああ、私を信用しなさい」

——エリカは、呆《あき》れて父親を眺めていた。無責任なこと言って！　さと子を喜ばせるのはいいけど……。

「嬉しいわ。何だが、本当に小田切君がもう釈放されてるような気がしてきました」

「そうかもしれんぞ」

「お父さん」

と、エリカはたまりかねて、

「そんなこと請《う》け合って——」

すると、玄関のチャイムが鳴った。

「エリカさん！　ちょっと出てくれる？」

台所で夕食の支度をしている涼子が声をかけてくる。

「はい。——誰かしらね」

エリカが玄関へ出ていき、

「どなた？」

と、ドア越しに声をかけると、

「小田切ですけど……」

小田切弘の声！　エリカは唖然《あぜん》として、言葉も出なかった……。

冷たい歓迎

「なあんだ」

エリカは呆《あき》れて、クロロックを苦笑いしながら見ると、

「そういうことだったのか。いつからお父さんに予知能力がそなわったのかと思って、びっくりしたわ」

小田切《おだぎり》と君原《きみはら》さと子は、ソファに並んで腰をおろし、しっかりと手を握り合っている。

――このハプニングで、どうやら「本物」の恋人同士になった様子だ。

「まあ、せっかく来たんだ。ふたりとも、一緒に夕食を食べていきなさい」

と、クロロックが言った。

「でも……。ご迷惑じゃ……」

と、さと子がためらう。

「かまわないのよ。――さ、どうぞテーブルに」

涼子《りようこ》がエリカにも手伝わせて、夕食の用意。

涼子としては、さと子にちゃんと「彼氏」がくっついているのを見て、一安心。急にやさしくなってしまったのである。

クロロックが、小田切の釈放を知っていたのは、さと子がここへ来る前に、小田切本人が「ご相談したいことが」と電話してきたからなのである。

で、待っていると、エリカとさと子のほうが先にやってきた、という次第。

「ワアワア」

と、にぎやかな虎《とら》ちゃんを加えて、クロロック家の夕食の席はいつにもまして、楽しげになった……。

「すると、まだ疑いがとけたわけでもないのだな」

と、クロロックが言った。

「ええ。何しろ〈吸血鬼愛好会〉のことを話すわけにいかないので、あんな時間に何をしていたか、説明できないんです」

「しかし、話したとしたら、もっと怪《あや》しまれていたろうな」

「僕もそう思って、黙っていたんです」

「お願い。そんな変なものに入らないでよ」

と、さと子が言った。

「うん……。先輩に話して、勘弁してもらおうかな」

「そうして」

「そうしたら……デートしてくれるかい？」

「ええ、いいわ」

エリカは咳払《せきばら》いして、

「そういう相談は、おふたりでゆっくりやってちょうだい。小田切君、その〈吸血鬼愛好会〉のことを聞かせて。どんな人がメンバーになってるの？」

小田切は少し困ったように、

「僕もよく知らないんだ。ただ、分かってるのは、高校のときクラブで先輩だった、市《いち》川《かわ》さんが、会の幹事をやってるってこと」

「市川さん？　——もしかして、三年生の？」

「うん。市川泰治《たいじ》。神代君、知ってるのか」

「まあね。——今年の新入生歓迎会の幹事で、一緒だったの」

と、エリカは言って、

「でも、そんなことに興味持ってるなんて、知らなかったな」

正直なところ、市川泰治はいたって明るい性格の、気持ちのいい男の子で、およそ吸血鬼などというものには関心を持ちそうもなかった。

「でも、他に誰が入ってるのか知らないの？　呑気《のんき》ね」

と、さと子がいささか非難めいた口調で言った。

「いや……。僕だって訊いてみたんだよ。でも、市川さん、教えてくれないんだ。中に入るまでは秘密だと言ってね」

「ずいぶんもったいぶってるのね」

「うん。——何でも、顧問の先生がそういう方針なんだって」

「顧問がいるの？」

「らしい。でも、それが誰なのかも、言ってくれないし」

「何だか怪しげね」

と、エリカは言った。

「その顧問の先生って、うちの大学の先生なの？」

「ああ、それは確かさ。だって、〈愛好会〉の部屋が大学の中にあるんだし」

「何、それ？　そんなもの、見たことないわよ。どこにあるの？」

「実は、それも……」

「聞いてないのね」

「うん」

エリカがクロロックを見た。クロロックは——虎ちゃんにせっせとご飯を食べさせていた。

「お父さん！　ちゃんと聞いてるの？」

「うん？　ああ、もちろんだ」

クロロックは、あわてて言った。

「どうやら、君の先輩とやらに会うしかなさそうだな」

「そうね。じゃあ……出かける？」

「ちゃんとご飯を食べてからにしてね」

と、涼子が顔をしかめて言った……。


「――いい気分だ」

クロロックは、夜道を歩きながら、深呼吸した。

「何といっても、我ら吸血族は『夜型』に生まれついとるからな」

「しっ。小田切君たちに聞こえるわよ」

と、エリカはたしなめたが、

「なに、聞こえやせん」

振りむくと、小田切と君原さと子のふたり、ちゃんとついてきてはいるものの、しっかり腕を組んで、お互い、うっとりともたれ合っている感じ。確かに、あれじゃエリカとクロロックの話も耳に入るまい。

「呑気なもんね」

と、エリカが苦笑い。

「ああ。――しかし、喉《のど》を切り裂かれた娘にとっては、呑気どころではない」

クロロックも、真剣になっている様子。

「何か匂《にお》う？」

「うむ――この家の今夜のおかずはシチューだな」

「お父さん！」

「いや……何といっても、人間のやることのほうが、吸血鬼などより何倍も恐ろしい。しかし、人間によっては、吸血鬼の名前だけを借りようとする奴らもいる。いつの世にも、悪者にされやすい種族があるものなのだ」

住宅地である。――エリカは一度、市川泰治の家を訪ねたことがある。

「この先だわ、確か」

と、エリカは言った。

「お母さんとふたり暮らしなの。確か、お父さんは亡くなって、ひとりっ子なのよね、市川さん」

そうそう、ここだ。――エリカは、小さな白い家を見て、足を止めた。

市川泰治の母親は、エリカが訪ねていくと、露骨にいやな顔をしたものだ。少々マザコンの気味があったのかもしれない。

「明かりが点《つ》いてる。私、インタホンで呼んでみるね」

エリカがチャイムを鳴らすと、すぐに、

「はい、どなた？」

と、母親らしい声。

「あの、N大の神代エリカといいます。以前に一度お邪魔した。——泰治さん、おいでですか？」

少し間があって、

「ああ、神代さんね。どうぞ」

小さな門を開けて、エリカたちは、玄関へと進んでいった。ドアがカチャリと音をたてて開く。

「夜分にお邪魔して。あの——」

バサッ。

エリカはずぶ濡れになって、目をパチクリさせて突っ立っていた。

バケツを手に、立ちはだかっているのは、泰治の母、市川明美《あけみ》である。がっしりした体つきで、玄関を「ふさいでいる」という感じである。

「あの……」

「うちの子を毎晩どこへ引っ張り出してるの！　うちの泰治をたぶらかそうったって、そうはいかないからね！」

「引っ張り出してる？　じゃ、いないんですか、息子さん？」

「とぼけないで！　あんたが泰治を夜遊びに誘い出してるくせに。あの子はね、あんたなんかと違って、そりゃあ真面目《まじめ》ないい子なんですからね。今度、あの子に近づいたら、ただじゃすまないわよ！」

まさに、文字通り「かみつきそう」な迫力に、エリカもさすがに後ずさった。

クロロックが、エヘンと咳払いをして、

「何か誤解なさっとるようだが……」

と、進み出る。

「あんた、誰？」

「この子の父親だが、今のあんたの話では――」

ザバッ。――クロロックも、マントまでたっぷり水で濡れてしまう。市川明美は、両手にひとつずつバケツを持っていたのだ。

「妙な格好して！　やっぱりあんたのせいね。このごろ泰治が変な格好したがると思ったら……」

呆気《あっけ》にとられて見ていた小田切が、

「待ってください！」

と、進み出た。

「だめよ！　水かけられるわ」

と、さと子が引き止める。

「まあ、落ちつきなさい」

クロロックが、市川明美へと歩み寄って、

「あんたの気持ちはよく分かる」

「何言ってんの！　バケツは空《から》でも、これでぶっ叩けるんですからね」

「我々は、息子さんのことを心配してやってきたのだ」

「フン、調子のいいこと言って」

「本当だ。こっちの目を見てくれ」

「あんたの目なんか……」

と言って——明美の手からバケツがカラン、と音をたてて落ちた。

やれやれ。——エリカは、びしょ濡れのまま、ホッと息をついた。明美がクロロックの催眠術にかかったのだ。

「あんたの気持ちは、よく分かる」

と、クロロックはくり返した。

「親の心、子知らず。心配してやっても、息子はうるさがるだけ」

「ええ……」

と、明美がうなだれる。

「親に隠しごとをするようになる。嘘をつくようになる。そんなことが、やり切れないんだろう？」

「そうです……。あんなにいい子だったのに……。この手で、苦労して育てたのに」

と、明美がすっかりしょげ返っている。

「心配することはない」

クロロックは、明美の肩を軽く叩いて、

「あんたの息子は、今ちょっと道に迷っているだけだ。あんたの愛情があれば、ちゃんと引き戻すことができる」

「そうでしょうか……」

「息子さんの部屋を、ちょっと見せてくれんかな？」

「どうぞどうぞ。――あの子は、いいお友だちを持って幸せです……」

市川泰治の母親の変わりように、小田切とさと子はポカンとしていた。

エリカたちは、上がり込んで、市川泰治の部屋へ入った。

「男の子の部屋にしちゃきれいだ」

と、エリカは言った。

「うむ。——見ろ、書棚を」

本棚に、〈吸血鬼〉という言葉の入ったタイトルの本が、ズラッと並んでいる。

小説はもちろん、さまざまな研究書の類《たぐい》も、揃っていた。

「よっぽど好きなのね」

「そうらしいな」

クロロックは、戸棚を開けて、中を探っていたが——。

「エリカ、これを見ろ」

「なに？」

覗《のぞ》き込んで、エリカは目を丸くした。そこには毛布にくるまれて、鋭く尖《とが》った杭《くい》が、何本も入っていたのである。


「じゃ、気をつけて」

と、エリカは言った。

「ちゃんと送っていくよ」

と、小田切がさと子の肩を抱く。

「送ったほうが危ない、なんてことにならないようにね」

と、エリカは笑って言うと、手を振った。

「──お父さん」

「うむ……」

クロロックは腕組みをして、小田切とさと子を見送りながら、

「若いということはすばらしい」

「何を羨《うらや》ましがってるのよ。──それより、あの部屋、どう思った？」

「もし、市川という子が、〈吸血鬼〉を目ざしているとしたら、あの杭は妙だ」

「うん、私もそう思った」

「むしろ、市川という子は、吸血鬼と闘うことを目ざしているのかもしれんな」

「だとしたら……。〈吸血鬼愛好会〉のことは？」

「直接当人に会う必要があろう。──ま、今夜は……」

クロロックは、まだポタポタとしずくのたれているマントを少々情けない顔で見下ろして、

「この格好ではな。今夜のところは、引き上げることにしよう」

「賛成」

やはり同様の状態のエリカは、そう言った。

さて──小田切と君原さと子は、夜の道を歩いてきた。

あまり話はしなかった。今は、さと子のほうも夢見心地というところである。

「あ、ここでいいわ」

と、さと子が言った。

「家までちゃんと送るよ」

「いいわ。あの家だもの」

と、さと子はほんの二十メートルほど先の家へ目をやって言った。

「それに、こんな時間に、男の子とふたりで帰ってきたら、やかましいもの」

「そうか。それもそうだね」

「今度、ちゃんと紹介するから。そしたら、いつでも来られるわ」

「行ってもいいのかい、君の家に?」

小田切が、目を輝かせた。

「ええ、もちろんよ! ぜひ、来てね。できるだけ早く」

「うん。――じゃ、おやすみ」

「おやすみなさい」

さと子は、足早に歩きだした。振り向くと、小田切が見送っている。

「ちゃんと家に入るまで、見てるよ」

と、小田切が言った。

さと子は手を振って、そのまま家の玄関へと駆けていった……。

窓の外の顔

「何だって？〈吸血鬼愛好会〉？」

と、皆川《みながわ》教授はパイプを口から離して、目をパチクリさせながら言った。

「ええ。聞いたことありませんか？」

と、エリカは訊《き》いた。

「知らんなあ。——何だね、そりゃ？」

「いえ、それならいいんです」

エリカは気軽に言った。

「お引き止めして」

「いやいや。——神代《かみしろ》君は、なかなかユニークな子だね」

皆川は、そろそろ六十に近い、白髪の穏やかな紳士である。

いわゆる「大学教授」というイメージにはぴったりくる。英国紳士風の服装も、趣味が良かった。

「それ、ほめていただいてるんですか？」

と、エリカは澄まして言った。

「もちろんさ。ユニークさの欠けた若者なんて、面白くも何ともないよ」

講義がすんで、教室はもう空っぽになっている。誰でも、帰るのは素早い。

「エリカ、帰んないの？」

と、みどりが覗《のぞ》きに来ると、

「あ、おふたりの邪魔しちゃった？」

「やめてよ。先生にご迷惑でしょ」

「いや、そんなことはない」

と、皆川は首を振ると、

「まったく、これだけ長いこと先生稼業《かぎょう》をやっていて、一度くらい、可愛い女子大生に言い寄られる経験をしてみたいと思うんだがね。さっぱりそういうことがない。どうしてもてんのかな」

皆川が言うと、少しもこういう言葉がいやみでない。

「帰るよ」

と、エリカはみどりの肩をポンと叩いた。

「じゃ、先生」

と、教室を出ようとすると、

「失礼」

と、入り口で危うく誰かとぶつかりそうになった。

「おや、倉田《くらた》先生、何か用ですか」

と、皆川が言った。

「明日の教授会のことでちょっと」

「いいですよ。じゃ、歩きながら」

「けっこうです」

倉田助教授は、今の皆川の話ではないが、「女子大生にもてない」とぼやいても、何となくリアルな印象を与える男である。

一見パッとしない、気の弱そうな男性で、およそもてそうにない。

「ところが、さにあらず、なのよ」

と、廊下を歩きながら、みどりが言った。

「何のこと?」

と、千代子《ちよこ》が一緒に歩きながら訊く。

「倉田先生。あれでけっこうもてるの。頼りない感じがするから、いいのかな、かえって」

「へえ、みどり、どうして知ってるの？」

と、エリカは訊いた。

「だって、いろいろ聞くもん、噂」

と、みどりは言って、

「そう。——一時は、あのさと子とも、噂があったのよ」

「君原《きみはら》さと子？」

「うん。もちろん、どの程度のことだったのか分かんないけどね」

君原さと子と倉田先生ね……。エリカにもとても想像がつかなかった。

「あ、そうだ」

と、エリカは思い出して、

「私、ちょっと会ってく人がいるの」

「へえ。デート？」

「そんなロマンチックな話じゃないのよ」

エリカは足を止めた。——噂をすれば、というわけでもないが、当の市川泰治《いちかわたいじ》が、芝生に座っているのが目に入ったのである。

「市川さんだ。私、ちょっとあの人と話があるの」

「内密の？」

「そういうわけじゃないけどね。――じゃ、一緒に行く?」

好奇心旺盛な世代である。当然のごとく、みどりたちも少し離れてついてきた。

エリカは、芝生にじっとむずかしい顔で座っている市川のそばへ行って、

「市川さん。――神代です」

と、呼びかけた。

市川は、ゆっくりと顔を上げた。エリカを見ると、ホッとしたように笑顔を見せて、

「君か。――ゆうべ、うちへ?」

「ええ。この次は水着を着ていきます」

市川が目を見開いて、

「じゃ、お袋が――。またやったのか!」

と、ため息をつく。

「ごめんよ。何しろ、思いこみの激しいタイプなんだ」

「大丈夫です。――いいですか、座って」

「うん。何か用だったのか」

「二、三うかがいたいことがあって」

とエリカは言った。

「そうか……。小田切《おだぎり》のことだろ。何だかややこしいことになった」

と、目をそらす。

「〈吸血鬼愛好会〉って、何ですか？」

市川は、エリカの問いに、すぐには返事をしなかった。

「知ってるかい。女の子が殺されたの」

「ええ。喉《のど》を切り裂かれて」

「ひどいよな」

と、首を振って、

「信じるか？　吸血鬼ってやつを」

信じるも何も、本人がそうなのだから。

「信じます。でも――それが、あの事件とつながってるかどうかは別でしょ」

「うん。――僕は、吸血鬼のことを研究してた。そして顧問の先生と一緒に、ある発見をしたんだ」

「誰なんですか、その顧問って？」

市川は、ちょっと不思議な表情でエリカを見ると、

「知りたい？」

「ええ。それを訊きたくて、来たんです」

市川は、エリカと、少し離れて立っているみどりと千代子をゆっくり眺めて、

「もし知りたかったら……。今夜、大学へ来てくれ。〈愛好会〉の集まりがある」

「今夜?」

「真夜中の少し前。十二時の十五分くらい前に。それでいいかい?」

「この大学のどこに行けばいいんですか?」

市川は、少々唐突な感じで立ち上がった。

「来れば分かるよ。こっちで捜す。いいね?」

「ええ」

「じゃ、今夜」

市川がスタスタと行ってしまう。

「——エリカ、何のこと?」

と、みどりたちがやってきて、訊いた。

「うん……。何だかおかしい」

そう。どこか間違ってる。エリカは、市川の対応に、何だか割り切れないものを感じていた。

今夜、大学へ、か……。

来てみるしかないだろう。——でも、エリカの中に、「何だか変だぞ」と囁《ささや》きつづけるものがあったのである……。

「おやすみなさい」

と、さと子は母へ声をかけて、階段を上がりかけた。

「さと子」

と、母が呼ぶ。

「うん？」

「小田切君って、知ってる？」

「知ってるよ。どうして？」

「電話があったの。あんたの帰る一時間くらい前」

「言ってくれればいいのに！」

と、さと子はむくれた。

「もう十一時過ぎじゃないの」

「だって……あっちが『けっこうです』って言うから」

と、母親は言いわけした。

「何でも、外出してて、家にいないと思うからって」

「そう。——分かった。何の用事か、言ってなかった？」

「別に。ただ、あんたが何時ごろ帰るかって訊いただけ」

「分かった。もし電話があったら、呼んでよね」

と、さと子は言って、二階へ上がった。

――小田切君か。

さと子自身、不思議だった。もちろん、小田切のことを嫌いだったわけではない。でも、特別な目で見ていたとも言えなかった。それが、あの出来事で……。

本当に、小さなきっかけが、人を「恋」の中へ引っ張り込むものなのだ。――今、さと子は確かに小田切に恋をしていた。

「少し早いな」

と呟《つぶや》いて、でもベッドへ潜り込むことにした。

明かりは少し落として点《つ》けたまま、ミニコンポのリモコンを手に、適当にFMをつけたり、セットしたCDに切りかえたり。

そんなことをやりながら、週刊誌を眺める。

この、我ながら「時間のむだづかい」と思えるひとときが、好きなのである。

むだなく生きるなんて、それこそ息がつまりそうになるだけだ。学生時代には、こうやって、のんびりしなくちゃ。

そのうち、欠伸《あくび》が出て、自然に眠くなる。ステレオを〈スリープ〉にセットして、明かりを消すと、音楽が低く流れて、やがて、眠るころには自動的にスイッチが切れる。

便利よね、本当に……。だんだん、人間って無精になるね。

──トントン。

誰かが……。叩いている。どこを？

トントン。

夢の中かしら？　だって──こんな時間に。それにあの音は、ドアじゃない。

トントン。──まだ叩いてる。

目を覚ました。はっきりと。

夢じゃない。誰かが、窓を叩いている。

トントンって。

窓を？　でも、ここは二階だ。

何だろう？　風で何か枝でも飛んできているのか。

そうじゃない。あの叩き方は、はっきりとリズムを持って、叩いている。

トントン。

さと子はベッドをおりた。──いったい何だろう？

胸がドキドキした。これは普通じゃない。

そろそろとカーテンを閉めた窓のほうへと近寄ったが……。開けて見るだけの勇気が、なかなか出ないのだった。

二階の窓を誰かが叩くなんてこと……。

でも、トントンと叩く音は、間を置いてくり返された。その間が一定なのが、かえって気味悪い。

普通、叩いて開けてもらえなかったら、苛々《いらいら》して、強く叩くか、テンポを速くして叩くかするだろうが、その「誰か」は少しも焦《あせ》らず、急がず、同じペースで、トントン、と叩いていた。

大丈夫。ここは私の家よ。そう、心配することはない。それにカーテンだけ開けりゃいいんだから……。

こわごわ手を伸ばしてカーテンをつかむと、サッと開ける。部屋の明かりに照らされて——ひとつの顔が見えた。

「小田切君！」

小田切弘《ひろし》が、窓から覗いていたのである。

さと子は、急いで窓を開けた。

「どうしたのよ！　こんな時間に……」

と、押し殺した声で言って、

「ともかく入って！　早く！　母に見つかるわ」

「悪いね」

と言いつつ、小田切は窓から部屋の中へ身軽にピョンと飛び込んできた。

「どうしたの？　ここ二階よ、どうやって中へ？」

「はしごってもんがあるよ」

「そう。——びっくりしたわ。空を飛んできたのかと思った」

「空を飛んでこられるのは吸血鬼さ」

と、小田切が言った。

「吸血鬼？　怖いこと言わないで」

小田切は、ちょっと笑った。——何となく、さと子は、その小田切の笑いに、まったく別の小田切を見たような気がした。

「でも……こんなところへ来られても」

と、パジャマ姿のさと子は困って赤くなっている。

「君が招《よ》んでくれたんじゃないか」

「私が？」

「そう。招待してくれたから、入れたのさ」

——さと子は、ふとだいぶ前に見た吸血鬼映画を思い出した。

吸血鬼は一度招いてもらわないと、初めての家に入れない……。

「でもね、小田切君」

と、さと子は何とか笑顔を作って、言った。

「今度、ちゃんと玄関から入れるように招待するわ。こんな風に二階の窓からなんて、おかしいわ。今夜は帰って、ね」

「帰るわけにはいかないよ」

「どうして?」

「君から、もらうものをもらわないとね」

さと子は、思わず後ずさった。

「心配することないさ。——大丈夫。これは凄《すご》く正しいことなんだ。君が永遠の命を手に入れるチャンスをくれようというのだからね」

「永遠の命?」

「そう。ほんの何十年か生きて、老いて死んでいくなんて、むなしいだろ? 何百年も生きられる。君の血を捧げればね」

「小田切君……」

本気なのだ。——ゾッとして、さと子は悟った。

小田切当人が、「吸血鬼」を気どっている。そして、気どっているだけならいいのだが——。

「帰って!」

と、さと子は窓辺に寄って、

「早く出ていって！」

小田切の手に銀色のナイフが握られている……。

「やめて」

さと子は恐怖ですくんで、動くことも、叫ぶこともできなかった。

「やめて……。お願いよ……」

小田切が、容赦なく迫ってくる……。

そのとき——何かが猛然と飛び込んできた。

ハッとする小田切。

現れたのは、本家吸血鬼である。

「クロロックさん！」

「もう大丈夫だぞ」

クロロックは、さっとマントを広げてみせたのだった。

「邪魔するな！」

と、小田切がナイフを持ち直す。

「お前も片づけてやるぞ」

「まともではないのだ」

と、クロロックは言った。

「小田切君が？　まさか——」

「まあ落ちつきなさい。こんな単純な男、ちょっと暗示にかけるのは簡単なことだ」

「何をしゃべってる！」

と、小田切は言って、ナイフを振りかざすと、

「邪魔する奴は、こうだ！」

さと子が息をのむ。

が、もちろん、クロロックはヒョイと小田切の手首を受けとめ、

「窓から放り出してもいいが、二階ではな。首の骨でも折ると可哀《かわい》そうだ」

「はなせ！　いてて……」

小田切の手からナイフが落ち、さと子は急いでそれを拾った。

「風呂場は？」

と、クロロックが訊く。

「二階の——この奥ですけど」

「そうか」

クロロックは、さと子にドアを開けさせ、小田切をバスルームへ連れていくと、

「冷たいシャワーを出してくれ」

「はい。水にしていいんですか？」

「一番冷たく。——それでいい」

クロロックは、小田切をシャワーの下に押しやった。

「やめてくれ！　——助けて！」

と叫ぶと、小田切は気絶してしまった。

「どうしたんですか？」

と、さと子は呆気《あっけ》にとられている。

「吸血鬼は水に弱いということになっとる。小説や映画ではな。この男も、水を浴びると、溶けて消えてしまうと思っとるので、気を失ったんだ」

「どういうことなんですか？」

「誰かが、この子に暗示をかけ、自分を吸血鬼だと思い込ませたのだ。そう簡単に思い込むほうも相当単純だが」

「——じゃ、それがとければ、元に戻るんですね？」

ふたりで、小田切の様子を見守っていると、

「——何してるの？」

と、騒ぎを聞きつけた母親が上がってきて、

「まあ！　男がふたりも！」

「お母さん！　誤解しないで。これにはね、いろいろわけがあるの」

と、さと子が言うと、母親は、変わったいでたちのクロロックと、シャワーを浴びて

（しかも服を着たままで）気絶している小田切を眺めて、

「そうだろうね……」

と、肯《うなず》いたのだった。

穴に入ったふたり

「何だって、こういうことになるわけ?」

と、みどりがぼやいた。

「何言ってんの。言いだしたのは、みどりでしょ」

千代子《ちよこ》が言い返す。

「だって、眠くなるとは思わなかったんだもん」

「いつも、何時に寝てんの?」

「もっと遅いけどさ。テストのときとかには、早く眠くなるの」

「変わってるわね」

みどりと千代子のふたり、今、大学のキャンパスの中を歩いているところである。

時刻は夜、十一時四十分。——市川泰治《いちかわたいじ》に言われた時間になりかけている。

いや、もちろん、ここへ呼ばれたのはエリカなのだ（忘れてしまったわけじゃない。作者）。しかし、そのエリカが、

「代わりに大学へ行ってくれる？」

と、みどりたちに頼んだのである。

「いいわよ」

と、みどりは即座に引き受け、

「何をおごる？」

千代子が、それを聞いて、

「あんた、それでも大学生？」

と、ため息をつく、という場面があったのだが……。

ともかく、いちおう時間通りに、ふたりは大学へやってきた。

「夜は暗いわね」

と、みどりが当たり前のことを言って、

「どこにいるの、市川さんって？」

「さあ……。向こうが捜してくれるってことになってるけど」

と、すっかり暗くなったキャンパス内を見回していた千代子、

「――見て、あそこ」

と、指さした方向へ目をやると、講義棟《とう》のひとつ、窓に黄色い灯《ひ》がチラチラと揺れている。

「あれ、こっちに合図してるみたい」

と、千代子が言った。

「行ってみようか」

「うん」

ふたりは、その灯を目印に、歩いていったが……。

「ね、あの建物って、凄《すご》く古くない？」

と、みどりが言った。

「そうね。確か、もう使ってない木造の――」

「もうじき取り壊されることになってるやつね、きっと」

暗い中ではよく分からないのだが、近づいていくと間違いない。――もう何十年もたっている古い木造の建物で、廊下を歩くと、ミシミシきしんで、みどりなど、ついそろそろと歩いてしまう。

いや――その前に、ふたりは中へ入るべきかどうか、ためらったのである。

「何かいやなムード」

と、みどりが首を振った。

「といって、ここで引き返すわけにはいかないでしょ」

「エリカに騙《だま》されたんじゃない、私たち？」

「エリカが私たちを騙して、どうするのよ」

「私たちをさ、タルの中か何かにつめて、どこかのハレムに送りこむの。私たちは一生家へ帰れない……」

「ハレムでのんびり、なんて、みどり向きじゃない?」

「TV、あるかな」

「あるでしょ、TVくらい」

「じゃあいいか」

「どうでもいいから、中へ入ろう」

——ともあれ、ふたりは、その古びた建物の中へと入っていったのである。

廊下には薄明かりが差して、何とか歩いていける。

「明かりが点《つ》いてたのは、この一階の先の窓だったわね」

「そう?　千代子、よく憶えてるわね」

「憶えてないほうが珍しいの」

ふたりは、廊下をそっと歩いていった。

そっと、といっても、前述の通りの床の状態で、ギー、ミシミシ、という、セミの鳴き声みたいな音をたてる。

「——あそこだ」

と、千代子が言った。

「市川さんがいるのかな」

「そうでしょ。ともかく……」

千代子がドアを叩く。すると――自動ドアみたいな感じで、ギーッときしみつつ、ドアが開いた。

「まるで吸血鬼小説みたいで安直ね」

と、みどりは「作者」をドキッとさせることを言った。

「ともかく中へ……」

何だかいやに暗い部屋で、ドアを叩くと同時に、あの窓に見えていた明かりが消されたらしい。

「――市川さん」

と、千代子が呼びかけると、

「入ってくれ」

と、暗がりの奥で声がした。

「どこですか？」

「真っ直《ます》ぐ進んでくれればいい。――そう。もう少しだ。――うん、そのまま前へ――」

言われる通りに進んでいくと、突然足もとに何もなくなって、

「アッ！」

と一声。

千代子は穴ぐらの中へと転落したのである。

ドサッ、と落ちたのは、たいして深い穴ではなかった。続いて——ドシン。

音に違いがあったのは、千代子とみどりの体重差によるものだったろう。

「——大丈夫、みどり？」

「何とかね……」

と、みどりが答えて、

「千代子、大丈夫？」

「うん。下敷きにならなくて良かった」

「何よ、それ！」

「言い合ってる場合じゃないわ」

千代子は、落ちた割に体を痛めていないのは、下に柔らかいマットレスが敷きつめてあるからだと知った。

「——市川さん！　どういうことですか、これ！」

と、千代子が大声で呼ぶと、

「大丈夫かい？」

と、上が明るくなり、市川が顔を出した。

「けがはしなかった?」

「ええ、でも……」

「君たち……」

と、市川が戸惑った様子で、

「神代《かみしろ》君は?」

「代わりに来たんです」

と、みどりが言った。

「晩ご飯おごるって言われて。のるんじゃなかったわ」

「そうか。——神代君は来ないのか」

と、市川は何だかがっかりしている様子。

「どうしてこんなことするんですか!」

と、千代子が問いかける。

「いや、心配しなくていい。君らをどうしようっていうんじゃないんだ」

と、市川は言ったが、いくらそう言われても、安心するってわけにはいかない。

「君らをね、おとりにしたいんだ」

「おとり?」

「吸血鬼を誘うためのね。きっとここへやってくる」

千代子とみどりは顔を見合わせた。

「頭のほう、大丈夫ですか?」

「僕は本気だよ。もうじき真夜中になる。そしたら、きっと奴らが動きだすだろう」

「じゃ……私たちを襲うのを、待ってるんですか?」

「心配するな、おびき出して、やっつけてやるんだ」

と、市川は言って、

「しかし……吸血鬼、大丈夫かなあ」

「何がですか?」

「いや、吸血鬼も、やっぱり美女好みだからね。それで神代君を、と思ったんだけど、まあ君らでも大丈夫だろう。——いいね、じっと待っててくれ」

市川が引っ込んでしまう。

みどりと千代子は、互いに唖然《あぜん》としていたが……。

「今の言い方——」

「あれは、ないよね」

と、みどりが肯《うなず》く。

「私たちが、よっぽどひどいみたいじゃないの!」

「後でぶん殴《なぐ》ってやろう」

ふたりは意見が一致し、握手を交わしたのだった……。

ふたりが穴に落ちて、それきり何の物音もしなくなった。

「どれくらいたった？」

と、みどりが訊《き》く。

「三十分かな」

「長いね。――本当に吸血鬼が来ると思う？」

「まさか」

と、千代子は首を振ったが……。

「ね、みどり、この穴は何かしら？」

「地下の物置でしょ。前に一回、大掃除の手伝いさせられてさ、入ったことある」

「じゃ、どこかに上へ出る階段があるんでしょ？」

「確かにあったと思うけど……。でも忘れちゃった」

「もう！　頼りになんないんだから」

――物置は、けっこう広かった。

暗いが、今は上から光が入っているので、何とか見通せる。

わざわざ、ふたりがけがをしないように、マットレスまで敷いてくれているのだから、市川も嘘をついているのではなさそうだ。

しかし、いずれにしても、ここで吸血鬼のおとりになるというのも、あまり面白くない。

「——見て」

と、千代子は、壁を詳しく見ていって、足を止めた。

「どうしたの？」

と、みどりがやってくる。

「この壁の切れ目。きっと出られるのよ、ここから」

「でも、把手《とって》がないし、鍵穴《かぎあな》もないよ」

「何とかすれば……。みどり、何か考えなさいよ！」

「分かったわよ。思い出そうとしてるんじゃないの」

みどりはそう言ったが、ともかく面倒なことには係《かか》わりたくない、という性格。どうにも、考えることは性《しょう》に合わない。

必死でその戸を開けようとしている千代子を見ながら、壁にもたれかかった。すると——。壁の石が一枚少し引っ込んで、

「開いた」

と、千代子が言った。

ガラガラッと音をたてて戸が開く。

「やったね、みどり！」

「う、うん……」

みどりも、ほめられるのは嫌いじゃなかったのである……。

君の血を……

エリカは、大学の中へ駆け込んでくると、フーッと息をついた。

もう十二時を少し過ぎている。——みどりと千代子《ちよこ》、大丈夫だろうか？

本当はもっと早く来るはずだった。ところが、クロロックが、小田切《おだぎり》のことをおかしいと言いだし、急いで君原《きみはら》さと子の家へと向かったのである。

さと子は無事だった。そして、小田切も、冷たいシャワーを浴び、クロロックに暗示をとかれたことで、やっといつもの小田切に戻ったのだ。

その小田切の話から——。いや、今はともかく急ごう。

明かりが見える。

古い校舎だ。エリカは、中へ入って、

「市川《いちかわ》さん！」

と、呼んだ。

「市川さん！　どこにいるんですか？」

明かりの点《つ》いている部屋へと入っていくと、ポカッと地下倉庫のふたが外れたままになっていて、

「みどり！　――千代子！」

と、エリカは呼びかけた。

「下にいるんでしょ！」

返事はない。――おかしいな。

エリカは、人の動く気配を感じた。かすかな音。そして空気の動き。

パッと飛び上がって、相手と距離をとると、

「――市川さん！」

「神代《かみしろ》君……」

市川が、よろけつつ、姿を現した。

市川の額《ひたい》から、血が流れ落ちている。

「どうしたんですか！」

と、エリカが駆け寄ると、

「やられた……」

と、市川はかすれた声で言った。

「やられた？　誰に？」

「吸血……鬼……」

そう言って、市川がバタッと倒れる。あわてて助け起こし、古ぼけたソファへ寝かしつける。

「あのふたりは?」

と、エリカは訊《き》いた。

「分からない。いつの間にか姿が……。しかし、あいつが来る前に、出ていったんだと思う……」

「けがを——」

「僕はいい!」

と、市川が首を振ると、

「追いかけているはずだ。あのふたりを。早く行ってやってくれ……」

「でも——」

「僕は大丈夫。石頭だ」

「はい」

エリカは一気に地下の穴ぐらへ飛び下りた。戸が開いている。

そこからは通路が伸びているのだ。ふたりは、何とかしてこの戸を見つけ、逃げようとしたのに違いない。

エリカも、後を追って、その地下道へと入っていった。

中はかなり暗いが、そこは吸血鬼の血筋、暗がりでもけっこうちゃんと見てとることができるのである。

「みどり！　——千代子！」

呼んでみたが、返事はない。

もう反対側へと出ているのだろうか？　手遅れでなきゃいいが。

エリカは、どんどん地下道を進んでいった。

やがて上りの階段が見えてくる。

エリカが、それを上って、上ぶたをそっと押し上げると……。

「——待っていたよ」

と、声がした。

エリカは、千代子とみどりのふたりが、縛《しば》られて椅子に腰かけさせられているのを見た。

そのそばでひとりのんびりパイプをくわえているのは——皆川《みながわ》だった。

「先生……」

「君を待っていた」

と、皆川は、微笑んで言った。

「この子たちでは、君の代わりはつとまらないよ」

「皆川先生。——あの女の人を殺したんですね」

「血こそが、命の源《みなもと》だよ。分かるかね?」

「分かりません」

と、エリカは言った。

「そうかな」

皆川は立ち上がると、

「君には分かるはずだ」

ナイフが、皆川の手にあった。その刃《やいば》が、みどりの喉《のど》もとへ——。

「やめて!」

と、エリカは言った。

「友だちを助けたいかね」

と、皆川は言った。

「やめてください。そんなことしても——」

「むだではない。君の血をいただければね」

「何ですって?」

「君の血は特別だ。意味は分かってるんだろう?」

エリカが吸血鬼だと知っているのだ。

「さあ、これを取りたまえ」

皆川は、ナイフをもう一本、ポケットから出すと、エリカの足もとへ、ポンと投げてよこした。

ガタンと音がする。

「それを拾って」

と、皆川は言うと、みどりの後ろに回って、刃を喉へピタリと当てた。

「どうしろと――」

「そのナイフを拾うんだ」

エリカはナイフを拾った。

「それで自分の血管を切るんだ。喉を切り裂けとは言わないよ」

と、皆川は言った。

「馬鹿げてるわ」

「どうかな。――さあ。手首を切りたまえ。私はそれを飲んで、君と同様、永遠の命を手に入れる」

皆川は、ニヤリと笑った。

「そこにコップがある。その中へ血を注ぎこむんだ。早くしないと、この子の喉を切り裂くことになる」

「やめて！」

エリカは、深く息をついた。

「分かったわ。——そのふたりに手を出さないで」

「ああ。しかし、油断できんからね」

皆川は、刃を相変わらず、みどりの喉にピタッと当てている。

「それから、断っておくが、催眠術は効かないよ。私は催眠術に抵抗する訓練をしているからね」

エリカは左の袖《そで》をまくり上げた。そして、コップの上に手首をかざすと、ナイフの刃を、そっと押し当てた。

「さあ、一気に引いて！　血がほとばしるように」

皆川の目がギラついている。

と——ゴーン、と鈍《にぶ》い音がして……。

皆川の手からナイフがコトン、と落ち、そのまま引っくり返ってしまう。

「やあ、間に合ったか」

「倉田《くらた》先生！」

「どうもこのところ、皆川先生の様子がおかしいんでね。——けがは？」

「大丈夫です」

エリカは急いで、みどりと千代子の縄を切ってやった。

「やれやれ……。こんなことをしてるとはね」

と倉田は首を振った。

「何で殴《なぐ》ったんですか？」

「うん？　──ああ、これだよ。手近に何もなくてね」

倉田が手にしていたのは、フライパンだった……。

「まったくもう！　助けにも来てくれないで」

エリカは、クロロックをにらんでやった。

「そう言うな。お前がどこへ行くか、何も言っていかんところがいけない」

「ともかく、何とか無事にすんで、良かったけどね」

クロロック家の居間。──エリカが昼過ぎまで眠っていて、やっと起き出してきたところである。

「──皆川先生が、何もかも考えたのね」

「そういうことだな」

と、クロロックは肯《うなず》いて、

「皆川は、催眠術の研究もしていたから、あの小田切なんか、簡単に操ることができた」

「市川さんは？」

「皆川に誘われておったのだ。吸血鬼が好きと知っていたからな。しかし、皆川がまともでないと気づき、言うことを聞くふりをして、何とか次の犯行を食い止めようとした」

「それで、あの杭《くい》が？」

「いつか、使うことになるかもしれんしな。しかし、皆川は市川の裏切りに気づいていたというわけだ。——けがの具合はどうだ？」

「市川さん？　うん、たいしたことないって。石頭なのよ」

と、エリカは言った。

「小田切君は、大丈夫なの？」

「水をぶっかけて暗示が消えたら、何も憶えていない。あの君原《きみはら》という子が好きなせいもあって、その願望を、皆川につけ込まれたのだな」

「あの女性を殺したのは、皆川ね？」

「もちろんだ。しかし——いやな事件だな」

と、クロロックは首を振って、

「吸血鬼の血を飲む？　人間ってのは、恐ろしいことを考えるものだ」

「本当ね。——この科学の時代に。そうだ、ねえ、おこづかい」

「母さんからもらえ。わしゃ少なくて困っとるのだ」

「何に使うの？」

と涼子《りようこ》は厳しい。

「あのふたり、あんな怖い目にあって、何かおごってやんなくちゃ」

「それもそうね。じゃ、その分、お父さんのほうから引こうかしら」

「よしてくれ！」

クロロックが本気で青くなった。


君原さと子は足を止めた。

街路樹にもたれて、小田切が立っていたのである。

「小田切君……」

「やあ」

小田切は、頭をかきながら、

「ごめんよ。あんなことして……。とても恥ずかしくて、言えた身じゃないんだけど
……」

「仕方ないわよ。催眠術にかかってたんでしょ?」

「うん……。許してくれるかい?」

「許してあげる。でも——もういやよ」

「分かってるよ」

小田切はホッとした様子で、

「もう決して襲わない!」

「あら、そう?」

と、さと子は言った。

「じゃ、今度は私が襲ってあげようかしら」

小田切は、

「いつでも歓迎だよ!」

と、力強く言って——。

ふたりは一緒に笑いだしたのだった。

吸血鬼は鏡のごとく

鏡の中に

「今日子《きょうこ》ちゃん、そろそろ出番よ」

と、ドアが開いて、マネージャーの幸枝《ゆきえ》が顔を出した。

「今日子ちゃん……。あらあら」

今をときめくアイドルスターは、椅子にかけたまま、眠っていた。

幸枝は、そばへ行って、今日子の肩を揺さぶった。

「——ほら、起きて。もうすぐ出番だから」

ウーンと呻《うめ》いて、十八歳のアイドルは目を開けた。

「もう朝？」

幸枝が苦笑いして、

「残念だけど、まだ夜で、仕事も残ってるのよ」

「あ、何だ……。眠っちゃったのか」

沢田《さわだ》今日子は、ポッと頬を染めた。

今日子のこういうところが、幸枝は気に入っている。

人気の出てきたアイドルというのは、不機嫌となると、やたら周囲の人間に当たり散らすことが多いものだ。

もっとも、まだまだ「子供」と言っていいくらいの女の子（今日子はもう十八歳だが）が、一日二、三時間の睡眠で、大人も参ってしまいそうなハードスケジュールをこなしているのだ。人前ではいやな顔ひとつ見せず、ニコニコ笑っていなくてはならない。苛々《いらいら》がたまって、誰かに八つ当たりしたくなるのは、まあ無理のないことである。

マネージャーは、その「当たられ役」を兼ねている。しかし、沢田今日子の場合は、決して幸枝に対しても、「年上の人間」に対する礼儀を欠くことはなく、やはり幸枝としても、当たられるよりは、快《こころよ》く笑顔を見せてくれた方がありがたい、というものである。

「――顔、おかしくない？」

と、今日子は楽屋の鏡を見た。

「大丈夫よ。少し目がトロンとしてるけど」

「本番にはシャキッとするから」

と、今日子はウーンと伸びをして、

「でも、少し眠ったら、だいぶ楽になった」

「今週はひどかったもんね。雨でスケジュール、狂ったし」

と、幸枝は肯《うなず》いた。

「来週はもう少し楽だと思うわ」

「幸枝さん、いつもそう言ってるんじゃない？」

と、今日子はからかうように言った。

「あと十分でスタジオに入らないと」

「じゃ、呼びに来て。もう眠らないから、大丈夫」

今日子は鏡に向かって、髪の毛を直し始めた。

「分かったわ。何か飲む？」

「いいわ。汗に出るといやだし」

スタジオのライト、そして激しく動きながらの歌で、けっこう汗っかきの今日子は、苦労することがある。

「じゃ、呼びに来るからね」

と、幸枝が急いで出ていくと、今日子はもう一度欠伸《あくび》をした。

眠いことは眠いが、ほんの少しでもうたた寝したので、だいぶ楽にはなった。

「これでいいかな」

ちょっとヘアスタイルをいじって、確かめると、沢田今日子は、立ち上がり、深呼吸する。

さあ——アイドルの顔にならなきゃ。

そう、それでいい。お前はスターよ。スターらしく笑い、スターらしく歩いて、いつも人に見られてることを忘れずに……。

今日子は、次の番組の台本を、もう一度見直した。——そう長い出番があるわけじゃないので、セリフを憶えるのに苦労はなかった。

高校生のころから、記憶力の良さでずいぶん助かったもんだ。——十六歳から、アイドルとしての生活が始まって、まともに学校へ通えたのは半分くらい。でも、テストで割合いい点をとっていたのは、直前の一夜漬けで、けっこう頭に入ってしまうからだった。

でも、今年の春、高校を卒業して、今日子はフルに芸能活動に打ち込むことになった。学校へ行かない分、少しは時間ができるかと思っていたら、とんでもない話で、その分以上にワッと仕事が入ってきた。

でも……忙しいのは人気があるってこと。今の今日子には、忙しさをこなすのも快感である。

「——そうそう。あの人、何だろう？」

この楽屋へ入る前に、廊下ですれ違った、妙な格好をした人のことを、今日子は思い出したのだった。

そう。——黒いマントなんか着ちゃって、よく映画で見る吸血鬼そのもののスタイルだった。外国人だろうな。奇術師か何かかしら？

今日子は、チラッと壁の時計に目をやった。——もう幸枝さんが迎えに来るだろう。

本当に、休みの時間はすぐ終わっちゃう！

今日子は、奥の壁の大きな鏡の前に立って、全身を映して見た。大丈夫。おかしなところはない。

着るものに関しては、今日子自身がアイデアを出す。お人形じゃないのだ。自分の着たいものを着る。

さて、と息をついて、鏡をもう一度見つめたときだった。

何だか——おかしい。

鏡の中が、いやに暗くなった。そんなことって……。楽屋の中はこんなに明るいのに？

呆気《あっけ》にとられて見ていると、鏡の中の今日子の姿は、不思議な暗がりの中に溶けるように消えてしまって、代わりに——まったく別の少女の姿が、スポットライトに照らされるように、見えてきたのだ。

何だろう？——こんなことってあるの？

その少女は、今日子より若い、たぶん、十五、六歳だろう。細くて、きゃしゃで、少し元気がなさそうだったが、色白の、ハッとするほど美しい少女だった……。

少女は、一昔前のアイドルみたいな、フランス人形風の白いドレスを着て、ちょうど今、今日子がやっていたように、鏡の前で、どこかおかしいところがないか、確かめている様子だ。

すると――人影が、少女の背後に迫ってきた。今日子は思わず自分の後ろを振り返ってみた。もちろんそこには誰もいない。

鏡の方へ視線を戻すと、少女がちょっと後ろを見て、何かしゃべっている。口は動いているが、声は聞こえなかった。

少女は微笑《ほほえ》んでいる。――楽しげで、幸せそうだった。

その少女の背後の人影……。少女は明かりに照らされるようにはっきり見えるのに、その後ろの人影は、少女に半ば隠れているせいもあるが、暗く、かげになっていて、黒いシルエットにしか見えなかった。

少女が、えりもとの飾りが曲がっているのを直す。そして――腕が――後ろの人影の腕が、高々と振り上げられた。今日子は息をのんだ。その手に白く光ったのは、ナ、イ、フだった。

そっちへ背を向けている少女は、まったく気づかない。

「危ない！」

思わず今日子は叫んでいた。

左手で少女の首をかかえ込むようにして、のけぞった少女の胸へ、ナイフが振り下ろされた。ナイフが深々と胸に突き立った。

今日子は、少女の目が驚きと恐怖に見開かれるのを見た。そして白いドレスにたちまち真っ赤な血が広がっていくのを——。

「やめて！」

今日子は叫ぶと——その場に気を失って、倒れてしまったのだ……。

クロロックのPR

今日子《きょうこ》は目を開けた。

視界がボーッとぼやけて……。でも、だんだんはっきりと見えてくる。

どうしたんだろう、私？

と——覗《のぞ》き込んでいる顔が見えた。

「おお、気がついたようだ」

と、その人は言った。

「あの……」

「大丈夫、もう少し横になっていた方がいいぞ」

と、その人は今日子の腕を軽く叩いて、言った。

「今日子ちゃん！」

と、駆けてきたのは、幸枝《ゆきえ》である。

「どう？　今、お医者さんが来るからね」

「幸枝さん……」

「救急車も呼んであるから。手術の用意も――」

「そうあわてんでもよい」

と、その変わった格好の人は言った。

「どこが悪いとも見えん。おおかた、貧血だろう」

「でも……」

「幸枝さん。――私、大丈夫」

と、今日子はゆっくり起き上がった。

「ここは……どこ？」

「TV局の仮眠室よ。あなた、楽屋で倒れてたの」

「楽屋で……」

そう。何かあったんだ。何か、とても恐ろしいことが。

「どうですか？」

と、やってきたのは、ディレクターの松本《まつもと》である。

「すみません。私――番組に出られなかったんですね」

「まだ本番中だよ。君の出番を後回しにした。出られるかい？」

と、松本というディレクターは言った。

「はい」

今日子はしっかりと肯《うなず》くと、立ち上がった。

「よし。じゃ、すぐ用意させる」

松本が駆けていく。

「忙しい世界だの、TVというのは」

と、マントを着た人は、感心したように呟《つぶや》いた。

「こちらの方がね、あなたと出番を代わってくださったのよ」

と、幸枝が言った。

「それに、倒れてるあなたをここまで運んでくださったの。ええと――フォン・クロ……」

「クロロックだ」

と、その人は言って、今日子の手をとると、手の甲に軽く唇をつけた。

ずいぶんオーバーな人。今日子は少し頰を赤らめた。

「あの……どうもありがとうございました」

「いや、人間、誰しも具合の悪くなることはある」

「あの……どんな奇術をなさるんですか？」

と、今日子は訊《き》いた。

「奇術？」

「奇術師さんでしょ？」

「違うわよ」

と、幸枝はあわてて言った。

「クロロックさんは、社長さん！　素人《しろうと》のゲストの方のお一人なの」

「ごめんなさい！　そのマントを見て、てっきり――」

「まあいい」

と、クロロックは笑って、

「ま、このマントでは、奇術師か吸血鬼かと思われても仕方ない」

「そう。私、さっきお見かけしたとき、吸血鬼みたい、とか思ったんです！」

「失礼言わないの」

と、幸枝が苦笑いして、

「さあ、行きましょう」

「ええ……」

今日子は肯いて、

「どこかおかしくない？」

「何ともないわよ。鏡、見る？」

——鏡。鏡だわ！

今日子は顔を覆《おお》った。

「どうしたの、今日子ちゃん！」

「殺される！　あの子が鏡の中で殺されちゃう！」

今日子は、叫ぶように言って、

「助けて！」

と、突然クロロックに抱きついたのである……。


「——というわけで」

と、クロロックは言った。

「シャツに口紅がついてしまった。本当だぞ。嘘は言わんぞ」

「ワア」

一人息子の虎《とら》ちゃん、こと虎ノ介《とらのすけ》が、両手を上げる。

何やら楽しみにしているのである。

「あら、そう」

と、クロロックの若き妻（かつ、怖き妻）涼子《りょうこ》はわざとそっぽを向いて、

「さぞいい気分だったでしょうね、可愛いアイドルに抱きつかれて」

「それは誤解だ！　私はすぐにその子を引きはなした」

「まあ、何て冷たいの！　せっかく、あなたに助けを求めていたのに」

「いや――その――もちろん、ほんの少しは抱きつかれるままにしておいたのだ。しかし――」

「じゃ、あなたの方も抱いてあげりゃ良かったじゃない。私のことなんか、もう見飽きたでしょうからね」

どっちにしたって、いや味を言われることには変わりないのである。

クロロックの娘、エリカは苦笑いしながら父と母（といっても継母《ままはは》で、エリカより一つ若い！）のやりとりを見ていた。

「何を言うか！　日本中、いや世界中のアイドルを合わせたって、お前の十分の一も可愛くない！」

由緒ある吸血族の本家（？）たるクロロックが、せっせと若い奥さんのご機嫌をとっているという図は、やはりベラ・ルゴシやクリストファー・リー（どっちも有名なドラキュラ役者）の吸血鬼のイメージには、やや反するものだった……。

「でも、ちゃんと録画しておいたからね」

と、エリカは言った。

「生番組だから、自分じゃ見られないでしょ」

「おお、そうか。いや、まあ……これも会社のためだ」

などと言いながら、クロロックはニヤニヤしている。

吸血鬼とはいいながら、フォン・クロロックは、〈クロロック商会〉の雇われ社長である。TVの出演も、関連の広告会社から頼まれたものだ。

まあ、当人は、「渋々《しぶしぶ》出演した」ようなことを言っているが、その実、けっこう目立ちたがり。

「どうだった？　少し地味だったかな、スタイルが」

「地味も何も、その格好しかないでしょうが」

「いや、シャツをピンクにでもしようかと思ったのだが」

「やめなさいよ。吸血鬼連盟から除名されるよ」

もちろんこれはジョークである。

「そうよ。あなたは中身が十分すてきなんだから、着るものなんか地味でいいのよ」

と、涼子は言って、

「何なら、どてらでも着てく？」

やたらやきもちやきの若妻、要するにクロロックが、「すてきなおじさま」風になって、女の子にもてるのが面白くないのである。

「ヤッ！」

虎ちゃんが、スプーンを振り回すと、トロッとしたスープがクロロックの顔に命中した。

「こら！」

クロロックがあわててティッシュで拭《ふ》くと、虎ちゃんはキャッキャ喜んでいる。

ま、クロロックがいくら外でもてても、この光景を一目見りゃ、女の子たちはイメージが狂って退散するだろう……。

——食後、クロロックの出た番組のビデオを見ていると、玄関のチャイムが鳴った。

「出るわ」

と、エリカが立っていく。

玄関のドアを開けると、

「あの……クロロックさんのお宅はこちらでしょうか」

と、どこかで見たことのあるような少女が立っている。

「そうですけど……」

と、エリカは言って、

「あ！　沢田《さわだ》今日子さんね！」

と、目を丸くした。

同時に、涼子が果たしてこの「来客」を歓迎するかしら、と不安にもなったのである……。

「本当に昨夜はご迷惑をおかけして」

と、沢田今日子は頭を下げた。

「いやいや。しかし、よくここへ来る時間があったな」

と、クロロックは言った。

「ゆうべ、私が倒れたりしたもんですから、マネージャーの幸枝さんが、社長さんにかけ合ってくれて、今日一日、オフにしてくれたんです」

「あれはなかなかしっかりした女性だ」

「ええ。本当に頼りになる、いい人なんです」

「——どうぞ」

涼子が、ニコリともしないで、今日子の前にお茶を出すと、自分はクロロックのそばにピタッとくっついて座った。まあ、一種のデモンストレーションであろう。

「でも、こんなにすてきな奥さまがいらっしゃるなんて」

と、今日子は笑顔で言った。

「だから、クロロックさん、とてもお若くてすてきなんですね！」

涼子がエリカの方へ、

「エリカさん。ちょっとケーキを出してさしあげて」

日本茶にケーキ？　――まったくもう、夫婦そろって、すぐのせられる！

「――なるほど、不思議な話だ」

と、クロロックもケーキを食べながら、アイドルの話を聞いて、肯いた。

「でも、絶対に夢とか、幻覚じゃないんです！　私、そういうものを見るタイプじゃないし、幻覚にしては、あまりにはっきりと見えていました」

エリカも、もちろん沢田今日子の話を聞いていたが、何しろ涼子に言われて、虎ちゃんをおんぶしている。重くてかなわない！

青春小説の主人公にこんな格好させるなんて、ひどい作者だ。

「クロロックさんは、何だか不思議な力をお持ちだってうかがったんです。それで、もしかしたら、あの鏡のことが分かるかもしれないと思って……」

「ふむ」

クロロックは考え込んでいたが、

「その楽屋は、いつも大勢で使っている所なのかな？」

「そのはずです。私も、よく使いますし」

「他にも、その少女の姿を見ている人間がいれば、きっと噂になっているだろう。すると、それを見たのは、たぶんあんた一人だろうな」

「だと思います。あんなことがあれば、アッという間にTV局中に話が広まります」

「その女の子に見憶えは？」

「殺された子ですか？　いいえ」

「しかし、おそらく実在した子だろうな。――少し昔のことかもしれん。今、表に来ている人が知っているかもしれないな」

「え？」

と、今日子が目を見開くと、チャイムが鳴った。

「――どうして分かったんですか？」

今日子が啞然《あぜん》としている。

吸血族は耳が鋭い。クロロックの耳は、玄関前で立ち止まった足音を、ちゃんと聞いていたのだ。

エリカが案内してきたのは、マネージャーの幸枝だった。

「今日子ちゃん！　やっぱりここだったのね。良かった」

「幸枝さん、どうしたの？」

「釜本《かまもと》さんから電話があったの。この間のドラマで、まずいところが出てきちゃったんですって。録《と》り直ししなきゃいけないからすぐ来てくれって」

「何だ、せっかくオフだったのに……」

と、今日子はため息をついたが、

「仕方ないもんね。じゃ、すぐ？」

「スタジオで待ってるって」

「じゃ、行くわ」

と、今日子は立ち上がった。

「待ちなさい。それは昨日と同じ所かな？」

と、クロロックが訊く。

「そうです」

「では、我々も行ってみよう。その鏡を見てみたいからな」

「ありがとうございます！」

と、今日子が目を輝かせた。

「エリカ、一緒に行くだろ？」

「うん……。でも、これが――」

と、エリカは背中でスヤスヤ眠っている虎ちゃんの方へ、肩越しにチラッと情けない目を向けたのだった……。

空っぽのスタジオで

「変ねえ」

と、幸枝《ゆきえ》はキョロキョロ見回している。

「確かにここ？　よそのスタジオじゃないの？」

「いいえ、釜本《かまもと》さん、この前と同じスタジオって言ったのよ。――待ってて。捜してくるわ」

幸枝は、急いでスタジオを出ていった。

ガランとしたスタジオには、人の姿はなかった。

「――連絡の手違いかしら。よくあるんです、そんなこと」

と、今日子《きようこ》は言った。

おおかた、何かのドラマに使ったのだろう、二階建てのマンションの外壁だけのセットが、スタジオの隅の方へ寄せて置いてある。

「こんな所で録《と》ってるんだ」

エリカは珍しげにスタジオの中を眺めている。

――虎《とら》ちゃんは何とか涼子《りょうこ》へ渡してきたのだった。

「ずいぶんちゃちなものだな、セットといっても」

クロロックが、壁とドアのセットを、コンコン、と手で叩いている。

「壊しちゃだめよ、お父さん」

「大丈夫だ」

今日子が、二階建てのマンションのセットの方へ歩いていきながら、

「でも、これはけっこうちゃんとできてるでしょ？　この間、ドラマで、この上のバルコニーへよじ登ったんです」

と、言った。

「バルコニーへよじ登るのはロミオの方で、ジュリエットではない」

と、クロロックが言った。

「あ、それシェークスピアとかいう人の連ドラでしょ」

「連ドラではない」

「じゃ、スペシャルですか」

「うむ……」

何と答えるべきか、クロロックも悩んでいる。

すると——エリカは、ギーッと、何かがきしむ音を聞いた。

何だろう？　どこか——雰囲気がおかしい。

「お父さん！」

と、叫ぶ。

「セットが——」

あのマンションの外壁のセットがゆっくりとこっちへ傾いてくる。今日子が立っている側へだ。

「危ない！」

セットが倒れれば、今日子は完全にその下敷きになる位置だ。しかし、エリカは離れていた。

「お父さん！」

クロロックもそれに気づいた。——ほんの何分の一秒か。

「キャッ！」

今日子の体が、一瞬のうちにふっとんだ。クロロックがエネルギーを飛ばしたのだ。

床をシューッと滑っていく。次の瞬間、外壁のセットが、たった今、今日子のいた場所へと、凄《すご》い音をたててバタンと倒れた。

スタジオの中に、しばしその音が反響していた……。

エリカは、今日子の方へ駆け寄ると、

「大丈夫?」

と、助け起こした。

「ああ……。びっくりした!」

今日子は、胸を押さえていた。

「どうやら、誰かがわざとやったらしいわね」

「そうだな」

と、クロロックがやってくる。

「今、誰かが走っていく足音がしたぞ」

「でも……私……」

今日子は、目をパチクリさせている。

「どうしたんだろ? 何だか見えない手で突き飛ばされたみたいだった……」

「凄い反射神経ね。自分でも分からないうちに、パッと飛びのいたのよ」

「そうかしら……」

「人間、いざというときには、信じられないようなことができるものだ」

「はあ……」

今日子が首をかしげていると、

「今の音、どうしたの！」

と、幸枝が駆け込んできた。

「――俺は呼び出したりしないよ」

まだ四十そこそこの、若いプロデューサー釜本は、スタジオへやってきて、幸枝の話を聞くと、言った。

「でも――確かに釜本さんの名前で」

「誰かのいたずらだろ」

幸枝は頭をかかえた。

「どうしよう！　今日子ちゃん、ごめんね！」

「仕方ないわよ」

と、今日子が慰《なぐさ》めた。

「それに何ともなかったんだし」

「でも――確かに、眠ってるところを電話で起こされたから……。釜本さんの声だったかどうか、分からないわ」

「俺じゃないってば。だいたい、俺が今日子ちゃんをあんな目にあわせてどうするんだ？」

と、釜本が言った。

「あんたはなぜこのスタジオへ来たんですかな？」

と、クロロックが訊《き》いた。

「え？　――ああ、この前のドラマの編集がすんだテープを、自宅で見たくてね。コピーしに来たんですよ。そしたら、ドーン、ってとてつもない音がして」

「ケガ一つなくて……。良かったわ！　今日子ちゃんにもしものことがあったら……」

と、幸枝は涙ぐんでいる。

「それでは、例の鏡を見に行こうか」

クロロックが、今日子の肩に手をかけて、言った。


「――これです」

その姿見は、今、ごく当たり前の鏡だった。

「ここに女の子が？」

と、幸枝が覗《のぞ》き込む。

「本当よ！　信じて。胸をナイフで刺されたの」

幸枝がハッとして、釜本の方を見る。

「釜本さん……」

「うん。——もしかすると、それは……」

「心当たりがあるんですか」

と、エリカがすかさず言った。

「その女の子の顔、憶えてるかい」

と、釜本が言った。

「ええ」

釜本は、幸枝の方へ、

「君、持ってるかい、写真を」

「ええ、たぶん」

幸枝が、大きなバッグを開けると、中から、古い手帳を取り出した。その間から、一枚の写真を抜き出す。

「これだわ。——ずいぶん古い写真だけど」

幸枝は、懐かしげに見入っている。今日子はそばへ行って覗き込むと、

「この子だわ！」

と、声を上げた。

「間違いないわ。この子が鏡に出てきたの」

幸枝は、釜本と再び顔を見合わせた。

「でも……そんなことが……」

と、幸枝が呟《つぶや》く。

「この子——誰なの？」

と、今日子が訊いた。

幸枝は、ちょっと息をついて、

「今日子ちゃんの年齢じゃ、もう憶えてないでしょうね。——この子は、宮川《みやがわ》サト子っていってね……」

「今日子ちゃんと同様、アイドルとして売り出していた子だった」

と、釜本が言った。

「しかし、あまり憶えている人はいないだろうね。知られ始めたころ、殺されてしまったんだから。十六歳だった」

「——ここで？」

と、今日子が、やや青ざめる。

「うん。確かに、この鏡の前で、誰かに刺されて、死んでいるのが発見された」

「犯人は捕まったんですか」

と、エリカが訊いた。

「いや、結局迷宮入りですよ。捜査も打ち切られて……。あれから何年たつ？」

「七年」

と、幸枝が即座に答えて、

「私が初めて担当した子だったの、サト子ちゃんは。だから、忘れられないわ」

「そうだったな。――もう七年もたつのか」

「でも、今日子ちゃんが、サト子ちゃんの姿をこの鏡の中に見た、なんて。不思議なことがあるものね」

「確かに見たの。本番用のドレスだったと思う。鏡の前で、見直しているところへ、誰かが後ろから近づいて――」

今日子は身震いした。

「ありうることだ」

と、クロロックが口を挾む。

「いや、失礼。――私は少々長生きをしておるから分かるのだが、そんな若くして殺された人間は、この世に強いエネルギーを残していく。特に、これからスターになろうというときだ。悔しさで、死んでも死にきれない思いだったろう。死の瞬間に、その思いが、ちょうどフィルムに焼きつけられるように、この鏡に焼きつけられたのだ」

「そんなことが……」

幸枝は、鏡に向かって言った。

「私には何も見えないわ」

「誰もが、それに感応する力を持っているわけではない。この子が、たまたまその力を持ち、かつ似た立場にいたから、鏡の奥にこめられたものを、呼び出したのだろうな」

今日子は、ふと寂しげな表情になって、

「可哀《かわい》そう……」

と、呟くように言った。

「宮川——サト子さん？　殺されて、忘れられて……。悔しかったでしょうね」

しばし、誰もがそれぞれに死んだ少女を思いやって、沈黙しつつ、その不思議な鏡に見入っていた。

「——今日子さん」

と、エリカが言った。

「あなた、その宮川サト子が殺されるところを見たのね？」

「ええ……」

「犯人は見えた？」

今日子は、みんなの視線を浴びて、ちょっと目を伏せると、

「見えたんですけど、シルエットっていうか……。影になってて、どんな人だったか、全然分からないんです」

「男だった？」

「たぶん……。でも、はっきりそうとは言えないわ。そんな気がしただけで」

「ふむ……」

クロロックは、その鏡を見ていたが、

「この鏡にこめられた、その娘の恨みを、何とかはらしてやりたいものだな」

と、言った。

「でも――そんなことができますか？」

と、幸枝が言った。

「警察も、結局、捜査を打ち切ってしまったんですよ」

「分かっておる」

と、クロロックは肯《うなず》いて、

「しかし、こちらには、この特別な感受性を持った子がいる。――警察でも分からなかったことを、探り出せるかもしれん」

「今日子さん」

と、エリカは言った。

「あなたが見た、その光景を、できるだけ細かく再現してみてくれる？　鏡の中の、宮川サト子の振る舞いを」

「ええ……。確か、こう立って——」

今日子は、じっと集中しながら、あのときの少女になり切ろうとしていた。

「そう……。えりもとの飾りを直そうとしてたわ。そして……後ろに人が——立っていた。あの子は振り向いて、ちょっと話をしてから——」

「待って！」

と、エリカが遮《さえぎ》った。

「サト子は、その犯人と、話をしたのね？」

「ええ。確か……。そうです。話をしてました」

と、今日子が肯く。

「これは大きな手がかりだ」

と、クロロックが腕組みをして、

「少なくとも、少女は犯人がそこに立っていることを、危険とも何とも感じていなかった。つまり、犯人は、そのとき、ここにいておかしくない人間だったのだ」

「ということは、外部から侵入した人間という可能性はなくなるわね」

「それで分かったな」

「何が？」

「誰かが、今夜、この子をこのスタジオへ呼び出した。そして、セットを倒して、その下敷きにしようとした。それは当然――」

「犯人ね、七年前に宮川サト子を殺した」

話を聞いていた釜本が唖然《あぜん》として、

「何てことだ！　それじゃ、犯人は今もこの局にいる、というわけですか」

「少なくとも、この局の人間、あるいは関係者の誰か、ということになる」

クロロックは、今日子の肩へ手をかけると、

「いいかね。十分に用心するんだ。犯人は、また君を狙ってくるかもしれない」

と、言った。

「私は大丈夫です。――宮川サト子さんを殺した犯人を、ぜひ見つけてください」

今日子は、少しも怯《おび》えていなかった。しっかりした口調で、クロロックに向かって、
そう頼んだのである。

「私、もうそばを離れないからね」

と、幸枝が今日子の肩を抱いて、言った……。

疑惑の顔

「忙しいんだがね」

と、その刑事は露骨にいやな顔をした。

「何の事件だって？」

「七年前にＴＶ局で起きた、宮川《みやがわ》サト子殺害事件です」

と、クロロックは言った。

「七年前？」

と、刑事は顔をしかめて、

「ああ――そういえば、そんな事件があったな。何とかいうアイドル歌手が殺されて……」

Ｓ署の中は、やけにごたごたしていた。

「あんたね、我々は今の事件で忙しいんだよ。七年前のことなんか、今さら話して何になるんだ？」

と、刑事は無愛想に言った。

「お忙しいのは分かりますが、何といっても、未解決の殺人事件でしょう」

「そんなもの、いくらもあるよ。いちいち、古い書類を引っくり返してるような暇《ひま》はない！　さ、帰ってくれ」

仕方ない。──クロロックは、

「ん？　お顔に何かついてますぞ」

と、相手の目を覗《のぞ》き込んだ。

「何か──」

目が合って、刑事の体がフラッと揺れる。クロロックの催眠術にかかったのである。

「宮川サト子はわずか十六歳で殺されたのですぞ。哀れと思いませんか」

「まったく！　──実に哀れです」

と、刑事は涙ぐんでいる！

「では、ぜひ犯人を逮捕してやらなければ」

「その通り！　ぜひ逮捕しましょう」

「では、当時の捜査資料を見せていただけますかな？」

「もちろんです！　喜んで！」

刑事は立って行くと、じきに分厚いファイルを持って戻ってきた。

「これが全部です」

「いや、申しわけない。しばらくお借りしてよろしいですか?」

「どうぞどうぞ! 何なら他の事件のも? トラックで運ばせますか」

少々、効きすぎたらしい。

「いや、それには及びません。これで十分」

「そうですか。また何かご用の節はぜひ、何なりとお申しつけください」

すっかりサービス精神に徹している。

「ではどうも」

クロロックは、当然、署外へ持ち出すことを禁止されているはずのファイルをかかえて、堂々とS署を出たのである。


「——で、結局、どうしたの?」

エリカは、父に訊《き》いた。

「今日は会社を休んで、一日、このファイルととり組んでおった」

クロロックは、いささかくたびれた感じで、ファイルを閉じた。

「社長が休んでいては、どうにもならんな。会社は潰《つぶ》れてるかもしれん」

「大丈夫。ときには上司が休まなくちゃ。下の人間も休めないのよ」

「そうか。──では、明日も休むか」

休みゃいい、ってもんでもあるまい。

「局の人間で、宮川サト子を殺す可能性があったのは？」

「可能性から言えば、あの釜本《かまもと》というプロデューサーも、かなりサト子に入れこんでいた」

「今、四十くらい？　七年前か。──そうか、血の気の多い年齢よね」

「それから、ディレクターで、松本《まつもと》。当時はアシスタントで、いわゆるADだった」

「松本って……この間の番組の？」

「そうだ、七年前、局のなかで、一時、松本と宮川サト子の仲が噂になったことがある」

「事実だったの？」

「分からん。松本は否定しているが、まあ、この場合は否定するのが当然だろうしな」

「他には？」

「局の人間、何人かに話を聞いているが、ほとんどは関係あるまい」

と、クロロックはファイルをめくりながら、言った。

「つながりがあるかもしれんのは、他に、所属事務所の社長。神山《かみやま》といって、なかなかのやり手だ。今はあの沢田今日子《さわだきようこ》の雇い主でもある」

「社長が？　──その日、局に来てたの？」

「そうだ。局には人の出入りをメモさせる規則がある。事件のとき、神山は、確かに局にいた……」

「いましたよ」

と、神山は肯《うなず》いた。

写真が若いのか、七年という歳月が長かったのか、似ても似つかぬ、太った男になっていた。

今はもう五十代の半ばである。

「しかし、もう細かいことまでは憶えていないな。何しろ、この業界で七年前といえば、一世紀も昔という感じですからね」

「でも、殺されたアイドルって、そうざらにはいないでしょう」

と、エリカは言った。

「確かにね。——もしあのまま伸びていたら、サト子はきっとトップスターにまで上りつめたに違いない。今でもそう思ってはいるんですよ」

と、神山は言った。

ファイルを読んで、くたびれてしまったクロロックに代わって、エリカが神山の所へ来ているのである。

「しかし――」

と、神山が不思議そうに、

「どうして今ごろ、宮川サト子のことを？」

エリカは、雑誌の記者というふれこみである。

「ええ、〈かつてのアイドルたち〉という企画で、あちこち当たっているうちに、殺された宮川サト子さんのことを知って。――スターになれずに死んでしまったというのは、本当に気の毒だな、と……」

「いや、まったくです」

神山は肯いた。

「七年か。――もうそんなにたってしまったんですなあ」

神山はため息をついた。

「あの――プロダクションの社長さんというのは、自分のところのタレントさんのことは、何でも知っているものなんでしょ？　サト子さんの場合、誰か、彼女を殺そうとする人間の心当たりはなかったんですか」

神山は、ちょっと複雑な表情を見せた。そして、しばらく考え込んでいたが、

「実は……まあ、あのときには何も言わなかったが、サト子は、なかなか難しい子でしてね」

と、言いだした。

「難しい？」

「つまり、我《が》が強いというか――。わがままというのとは少し違う。わがままといえば、タレントなんて、みんなわがままです」

「はあ」

「サト子は、自信に溢《あふ》れていた。自分がスターになれないわけはない、と信じていてね。ですから、大切な局の幹部とか、大物プロデューサーとかでも、ごく当たり前の挨拶《あいさつ》をするだけだった。――はた目には生意気と映ったでしょうな」

「そうですか」

「サト子に言わせりゃ、『向こうが出てくださいと頼んでくるのが筋でしょ』ってわけです。こっちが『出してください』と頼みに行くもんじゃない、と。――まあ、それも理屈ですがね」

と、神山は苦笑した。

なかなか気骨のある子だわ、とエリカは感心していた。

「じゃ、サト子さんを恨んでいた人というのは――」

「どうですかね、嫌われていたかもしれないが、殺すほど恨むというのは……」

そりゃそうだ。「生意気」ってだけで殺されてたら大変である。

「当日は、何のご用で局へ行かれていたんですか？」

「何だったかな。——そうそう、やっぱりサト子のトラブルでね、局の人間から呼ばれまして」

「何があったんですか？」

「最近はほとんど見ないが、金井《かない》アリサというスターがいた。知ってますか？」

「金井アリサ……。ええ、見たことありますけど、だいぶ昔ですね」

「そう。あのころ、金井アリサは、だいぶ人気が下降線だった。しかし、何といっても、この世界では先輩だから、TV番組でも、周りはアリサを立てていた。ところが——」

「サト子さんが何かやったわけですね」

「その通り」

　と、神山は肯いた。

「リハーサルで、金井アリサの一番の見せ場を、ぶちこわしてしまった。しかし、サト子のやったことが、すっかりディレクターの気に入り、本番はそれで行こう、となった。アリサは真っ青ですよ。怒って局のお偉方に泣きついた。以前、アリサと深い仲だった重役がいてね、それで私が呼ばれたわけです」

「それで、どうなったんですか」

「どうにも。——つまり、私がその重役と話している間に、サト子は殺されてしまった、というわけです」

エリカは肯いた。――金井アリサか。いくら何でも殺すほどのことはなかったかもしれないが……。

でも、いちおう当たってみる価値はある。

すると、社長室のドアが開いて、

「社長。今日子ちゃん、TVの製作発表なので、出かけてきます」

と、顔を出したのは、マネージャーの幸枝《ゆきえ》である。

「あら、どうも」

と、エリカに気づいて会釈《えしやく》する。

「行ってきてくれ。今日子にケガをさせんでくれよ」

と、神山が言った。

「代わりに私がケガします」

「頼むぞ。ちゃんと治療費は出す」

あの事故のことは、もちろん耳に入っているのだ。しかし、あくまで事故ということになっている。

「どうもありがとうございました」

と、エリカも立ち上がった。

「いやいや。――君、なかなか可愛いじゃないか。どうかね。うちに入らんか？」

と、神山に言われて、エリカはそう悪い気もしなかったが、

「でも――私、吸血鬼の役ぐらいしかできませんから」

と、エリカが言うと、神山は目をパチクリさせていた……。


「――あ、どうもエリカさん」

と、ビルの外へ出ると、今日子が車の中から出てくる。

「あら、すてき」

今日子は、製作発表の席に出るので、何とも華やかな格好をしている。

「じゃ、行きましょ。遅れると大変」

と、幸枝が言って、今日子を車へ乗せる。

エリカは、二人を乗せたハイヤーが遠ざかっていくのを見送っていたが――。

車は交差点でいったん停《と》まって、信号が変わると、真《ま》っ直《す》ぐに進んだ。そこへ――。

「危ない！」

大きなトラックが、真横から突っ込んできた。ハイヤーが急ブレーキを踏むキーッという音。そして、ドカン、という音とともに、ハイヤーとトラックの窓ガラスがパッと砕けて飛び散った。

エリカは猛然と突っ走った。何しろ吸血鬼の血をひいているから、必死で走れば、人間とは比べものにならないスピードが出る。

途中、サラリーマンらしき男性を二人ほどはねとばしたが、かすったほどにも感じなかった。

ハイヤーが斜めになって、ガソリンがこぼれている。

エリカは、ハイヤーのドアを、つかんだ。車体が歪《ゆが》んだのか、動かない。

「——今日子さん！　幸枝さん！」

と、窓から覗《のぞ》くと、幸枝が中で起き上がった。

「エリカさん……」

「早く、外へ！　ガソリンが流れてる！」

エリカは手をさしのべて、

「つかまって！」

ヤアッ！　——エリカは、全神経を集中させて、エネルギーを、手の先へ集めた。

片手で、窓から幸枝の体を引っ張り出し、

「早く離れて！」

「今日子ちゃんを——」

「任せて」

今日子は、中で気を失っている様子だ。

「――何をしとる？」

と、声がして……。

「お父さん！　良かった！　中に今日子さんが」

「そうか」

クロロックは、ヨイショと、ハイヤーの片側を持ちあげて、地面にちゃんとおろすと、ヤッ、とドアを開けた。

いや、メリメリッと、ドアは取れてしまったのだった。

「エリカ、運転手を助け出せ」

「うん」

二人が、それぞれ気絶している今日子と運転手をかついで、その場を離れると、ガソリンに火が点《つ》いたのか、アッという間にハイヤーは炎に包まれてしまった。

「――間に合った」

と、エリカは息をついて、

「お父さん、どうしてここに来てたの？」

「うむ。お前に任せとくのも心配でな」

「今日子さんの顔が見たかったんでしょう」

「母さんに、そんなことを言うなよ」

と、クロロックは大真面目《おおまじめ》に言ったのだった……。

鏡の中の影

「あら、どうも久しぶり！」

と、大きな声がロビーに響きわたって、そこに居合わせた誰もがびっくりして振り向いてしまった。

「やあ……」

声をかけられたプロデューサーの方は戸惑い顔である。

「すっかり太っちゃったわね！　お互い、もう若くないもんね」

ハハハ、と笑ったその女は、いささか悪趣味なくらい濃い化粧をしていた。

「ああ。——金井《かない》君か」

と、プロデューサーが肯《うなず》く。

「いやだ！　分からなかったの？」

「うん……まあ、しかし、元気そうだね」

金井アリサは、そのプロデューサーの肩をポンと叩いて、

「ね、また一度飲みましょうよ！」

「うん……。そのうちね」

「お互い、昔のことは忘れてさ」

金井アリサの言葉に、プロデューサーの方は青くなった。

「ハハハ、じゃ、またね」

金井アリサはTV局の廊下を、昂然《こうぜん》と顎《あご》を上げて歩いていった。

「——誰だ？」

「ほら、金井アリサって……」

「ああ、まだやってたの、あの人？」

あちこちで、そんな会話が交わされる。

——金井アリサは、特別に耳がいいわけではなかったが、ロビーでの会話が、聞こえてくるような気がした。

どんな話が出ているか、見当はつく。

「どいつもこいつも、同じよ、男なんて！」

と、呟《つぶや》く。

売れている間は、周囲にまとわりついていた男たちも、今はもう誰も寄ってこない。

こういう世界だということは、アリサもよく分かっている。入るときから、分かっていたことだ。

しかし、誰でも、自分だけは、こんな風にならない、と思うのである。

アリサもだ。人気のあるころには、周囲で次々に消えていくスターたちを、ずいぶん見た。

しかし……いつか自分がその中に加わるとは、思ってもいなかったのである。

「——どこだっけ？」

アリサはメモを取り出した。

「楽屋で、なんて、変な所で会いたがるもんね」

それでも、局からの呼び出しだ。アリサは大いに張り切ってやってきた。

しかし——妙な呼び出しではあった。

「ともかく、この楽屋へ来い、ってことだったわね」

相手が誰なのかも、アリサは知らないのである。

ただ、留守番電話に、この楽屋へ来てくれ、と誰からとも分からない吹き込みがあったただけなのだ。

ドアを開けて、中を覗《のぞ》く。

人の姿はなかった。——まだ時間が早いんだわ。

アリサは、中へ入ると、ドアを閉めて、椅子に腰をおろした。

タバコに火を点《つ》ける。

くたびれていた。――いや、仕事で疲れるのなら、アリサは平気だ。五分も眠れば、すぐに元気になる……。

いや、それも昔のことだ。もう何年、ここへ来ていなかっただろうか。

アリサは楽屋の中を見回した。

こんな場所でも、人気で席が決まったりする。

厳しい世界だ。

しかも、人気が出るのも落ちるのも、アッという間である。怖いくらいに、すぐ忘れられていく。

――アリサは、ふと眉を寄せた。

この楽屋は……もしかして。

立ち上がって、大きな全身を映す鏡の前へ行ってみる。

そう。ここだ。――あの子、宮川《みやがわ》サト子が殺されたのは。

サト子は、この鏡の前で刺されたのだ。

アリサは、死体を見た。そして、ホッとした……。

自分をおびやかしていたのだ、あの子は。そしてあの日、みんなの前で私に恥をかかせた……。

アリサの胸は痛んだ。──私のせいじゃない。そうよね。何も私は……。

鏡の中が、急に暗くなって、アリサの姿が映らなくなった。

どうしたのかしら？　アリサは、首をかしげていた。

すると──鏡の中に、白い姿がフワフワと現れてきて……。やがてそれはあの日の、
宮川サト子になった。

アリサは、逃げ出したかったが、膝がガクガク震えて、動けない。──何よ、これは！

サト子は、えりもとの飾りを直している。誰かが、後ろへ近づいていた。

サト子が、何か話しかける。そして──突然、後ろの誰かが、サト子の首へ手をかけて、もう一方の手がナイフを振りかざす──。

「やめて！」

アリサは思わず叫んで、両手で顔を覆《おお》っていた。

「──なるほど」

と、後ろで声がした。

「不思議なものだな」

アリサは振り向いた。

「あんたたち……誰？」

「ここへ来てもらった者だ」

もちろん、クロロックとエリカの二人である。

「じゃ――今のはトリック？」

「いや、そうではない。宮川サト子の悔しさが、この鏡に焼きつけられているのだ」

と、クロロックは言った。

「まあ、かけなさい」

アリサは、呆然《ぼうぜん》とした様子で、椅子に腰をおろした。

「――宮川サト子を殺したのが誰か、あんたは知っているのか」

と、クロロックは訊《き》いた。

「まさか！」

「あなたじゃないんでしょうね」

と、エリカが言うと、アリサは青ざめながら、

「やめてよ！　そりゃあ――あの日は、頭にきてた。でも、殺すなんてこと……」

アリサは、汗を拭《ぬぐ》った。

「確かに、あんたではないな」

と、クロロックが肯いて、

「今の鏡に、殺人者のシルエットが映っている。あんたなら、もっと大きく映るだろ

う」

「あ、そうか」

「サト子は小さかったからね」

と、アリサは言った。

「でも――本当に、誰がやったのかは、知らないんだよ」

「分かった。ご苦労さん」

と、クロロックは言った。

「わざわざ来てもらって、悪かったな」

アリサは、よろけそうになって立ち上がると、

「犯人を――捜してるの？」

と、言った。

「宮川サト子の霊を、成仏させてやらんとな。そうだろう？」

「まあね……」

アリサは、肩をすくめて、

「じゃあ……帰っていいんだね」

「うむ」

――金井アリサがフラッと出ていく。

クロロックとエリカは顔を見合わせた。

「どうする?」

「さて、どうするかな」

「呑気《のんき》なこと言って!」

と、エリカはクロロックをにらんだ。

「しかし、大したものだ、人間の執念というのは」

「え?」

クロロックは立ち上がって鏡の前に歩いていった。

「どうするの?」

エリカの問いには答えず、クロロックは腕を組んで、じっと鏡を見つめている。

そうか。——呼び出してるんだわ、あの映像を。

鏡の面が暗くなった。そして、またあの姿が——白いドレスの宮川サト子が浮かび上がってきたのだ。

「エリカ」

「何?」

「よく見ておけ、後ろに立っている人間のシルエットの大きさを」

「分かった」

宮川サト子が刺し殺される瞬間を、何度も見せられるというのは、辛《つら》いことだった。

しかし、今はそんなことを言ってはいられないのだ。

ナイフが振り上げられ、サト子の胸に突き立てられる。――エリカは、じっとその光景を見つめていた。


「――もしもし」

と、金井アリサは言った。

「私のこと、分かる？　――アリサよ。――そう、金井アリサ。――久しぶりじゃないの」

アリサは、電話ボックスから、TV局の建物を眺めながら、

「――そうね、まあ元気よ。――ところでさ、私にいい仕事を何か回してほしいんだけど。――え？　――だめだめ、逃げ口上ね」

と、アリサは笑った。

「ちゃんと約束してくれないと。――そう？　あんたにとっても、まずいことになると思うわよ。――え？　なぜって、宮川サト子殺しは、まだ時効になっちゃいないからね。――聞いてる？　分かってるのよ。あんたがサト子を刺したってことはね。――そりゃ、証拠はないけど、いったん疑いを持ったら、警察はとことん調べるよ。そうすりゃ、ボ

口も出てくるんじゃない？」

アリサは冷ややかな笑みを浮かべて、

「まあ、私にいい役の一つ二つ、回した方が損はないと思うけどね。——主役とは言わないわ。脇で結構。一度出始めりゃ、また仕事が来るから。——そうね。ま、連絡を待ってるわよ。早いうちにね。——そうね、三日以内ってのはどう？——十分よ。いいわね」

ポンと電話を切る。

久しぶりだった。こんな風に電話を切ってやる感触。いい気分だ！

アリサは、電話ボックスを出ると、口笛を吹きながら、歩きだしていた……。

重なる影

「どうだい？」

と、病室を覗《のぞ》いて、神山《かみやま》がそっと訊《き》いた。

「あ、社長」

幸枝《ゆきえ》が、ベッドのわきの椅子から立ち上がった。

幸枝も、頭と腕に包帯を巻いている。

ベッドでは、今日子《きょうこ》が眠っていた。

「今、眠ってます」

と、幸枝は低い声で言った。

「そうか」

神山は肯《うなず》いて、

「まあ、無事で良かった。あのクロロックとかいう人に感謝せんとな」

「本当ですわ。トラックのほうのこと、何か分かりました？」

「いや、警察でも調べてくれてるが、盗まれたトラックらしい。誰か、トラックを運転してた人間は、ぶつかる寸前に、飛び下りたんだろう」

「でも、ひどいわ……。いったい誰がそんなことを」

「分からん」

神山は首を振って、

「十分、気をつけてくれ」

すると、ベッドの今日子が目を開いた。

「社長さん」

「何だ。起こしちまったか」

「今日──アイドル大賞ですね」

「そうだ。出られないのは残念だが、まあ仕方ない。体が第一だ」

「ごめんなさい」

と、今日子は言うと──パッと毛布をはねのけて、ベッドから出た。ちゃんと、ドレスを着ている。神山は呆気《あっけ》にとられて、

「おい……」

「出ます！　こんな機会、生涯一度ですもの」

と、今日子は言った。

「幸枝！　俺をびっくりさせようって企《たくら》んだな？　まったく！」

神山は嬉しそうに笑って、

「よし、行こう！　あの事故も、ニュースになってる。今日子が行けば、みんなの目が集中すること、間違いなしだ」

と、今日子の肩をしっかり抱いたのだった……。


プレゼンターね。

ま、悪くない役だわ。金井《かない》アリサは、肯いた。

こういう授賞式の中継ってのは、並のドラマより、ずっと視聴率がいい。そこで、賞を渡す役をやるというのは——。

相手が沢田《さわだ》今日子というのが、少々抵抗はあるけれども。

あの子を見ていると、何となく、宮川《みやがわ》サト子を思い出すのだ。勢いのあるスターというのは、誰でも似たようなところがある。

アリサは、楽屋で、待機していた。

報道陣は、事故で間一髪、難を逃れた今日子の方にかかり切りで、他のアイドルたちもむくれている。

アリサは、他の何人かの出演者と一緒にこの楽屋でタバコをふかしながら、待っていた。

退屈である。——一緒にいる若い子たちにとっては、アリサはもう「過去の人」で、中には誰だか分からないで会釈《えしゃく》だけしているのもいる。

もっと先輩には敬意を払うもんよ！

楽屋を覗いたのは、プロデューサーの釜本《かまもと》だった。

「やあ」

と、アリサに声をかける。

「久しぶりだ」

「本当ね。また機会ができそうよ」

「悪くないね。——今日子に賞を渡すのは、君か？」

「そうよ」

「じゃ、会場で会おう」

「またね」

アリサは、欠伸《あくび》をした。——楽屋にいるときなんか、どのスターもだらしなくしているものだ。

若いＡＤが一人、やってきて、メモをアリサに渡した。アリサはそれをチラッと見ると、ちょっと顔をしかめ、それからタバコを灰皿に押し潰《つぶ》して、立ち上がった。

廊下へ出て歩いていくと、本番前で、大勢のスタッフが駆け回っている。それを見ていると、アリサは体が熱くなってきた。

やっぱり、仕事っていいもんだわ！

小さなスタジオの扉を開けると、アリサは中へ入った。

「――どこにいるの？」

と、空っぽのスタジオを見回して、言ったが――。

相手は、アリサの背後、扉のかげにいたのだ。アリサが気づいたときは、遅かった……。

違う。

エリカは、華やかにライトを浴びているセットの上で、忙しく動き回っているディレクターの松本《まつもと》を、しばらく眺めていた。

宮川サト子の後ろの人影は誰だったのか？――エリカは、松本かもしれないと思って、しばらく観察してみた。

しかし、結局、松本ではない、という結論に達したのだ。松本は背が高すぎる。

あの人影は、もっと背が低かった。

「――エリカさん」

と呼ばれて振り向くと、今日子が、きちんとドレスを着て立っている。

「わあ、可愛い。――もう大丈夫？」

「ええ」

今日子は笑顔で肯いた。

「本当に、エリカさんとクロロックさんには何度も助けていただいて」

「いいの。趣味だから」

と、エリカは言った。

「幸枝さんは？」

「それが、さっきから姿が見えないんです。幸枝さんの方が、けががひどいから、心配なんだけど」

「一緒には来たんでしょ？」

「もちろん。社長さんと三人で」

幸枝が？――幸枝があの「人影」だということが、ありうるだろうか？

あれが女性であっても、おかしくはないし、幸枝の体つきは、あの人影に近いが……。

でも――まさか。

「――やあ」

松本が、今日子の方へやってくる。

「君がハイライトだ。すっかり元気そうになったね」

「はい」

と、今日子はしっかり肯いた。

「ところが……」

松本が、ちょっと渋い顔になって、

「君に賞を渡す金井アリサが、どこかへ行っちゃったんだよ」

「じゃ……どうするんですか？」

「いや、誰か代わりを当てるさ。そんなのは簡単だ。だいたい、今どき金井アリサでもないだろう」

松本は、そう言うと、小走りに行ってしまった。

金井アリサ……。なぜか突然、この大きなイベントに出ることになった。

もしかすると――。エリカは、

「ちょっとごめんなさい」

と、今日子に言って、大きなスタジオから飛び出した。

「お父さん！」

クロロックがやってきた。

「やあ、すまんすまん。何しろ出がけに虎《とら》ちゃんを寝かしつけとるうちに、こっちが眠ってしまってな」

「ね、金井アリサがいないの」

エリカの話に、クロロックは難しい表情になって、

「それはまずいな。――捜してみよう」

「でも、広いわよ」

「この近くだろう。ともかく歩いてみよう」

クロロックとエリカは、廊下を歩いていった。

クロロックが、ピタリと足を止める。

「どうしたの？」

「匂《にお》いがする。――血の匂いだ」

クロロックが目の前の扉を開いた。

金井アリサは、小スタジオの冷たい床に伏せていた。血だまりが広がっている。

「――同じ手口だ。ナイフで胸を一突き」

「でも……どうして？」

「気づいていたのだ。おそらく。あの人影が誰なのか。そして脅迫した」

「それらしい人、いる？　松本も釜本もピッタリこないし」

「よく考えてみろ、あの映像は七年前のものだ」

エリカはハッとした。

「そうか。今とは体型が違ってる……」

「金井アリサは気がついたのだ。なまじ最近の犯人を見ていなかったから」

二人は廊下へ出た。

エリカは、ディレクターの松本を見つけると、駆け寄って、

「神山さんを見ました？」

と、訊《き》いた。

「今、今日子と二人で楽屋へ行ったよ」

と、松本が答える。

アッという間に、エリカとクロロックの姿が見えなくなって、松本は唖然《あぜん》として突っ立っていた……。

――エリカとクロロックは、あの楽屋へ飛び込んだ。

「どうしたんですか？」

今日子が目を丸くしている。

神山が、今日子の後ろに立って、髪を直してやっていた。

「間に合った！」

エリカはホッと息をついて、

「今日子さん。宮川サト子を殺したのは、神山社長よ」

「まさか」

と、今日子は笑った。

「金井アリサまで殺すとは、馬鹿なことをしたものだ」

と、クロロックが言った。

「あんたは気づいていないだろうが、上着の袖口《そでぐち》に、血がついている、ほんのわずかだが、証拠には十分だろう」

神山は青ざめた。

「七年前のあなたはやせていた。あの人影にぴったりだわ」

と、エリカが言った。

「馬鹿な！　私は――」

と、言いかけて、神山はナイフを取り出すと、今日子の喉《のど》へ突きつけた。

「近づくと殺すぞ！」

「やってみるか？」

クロロックは、エネルギーを飛ばして、ナイフを叩き落とそうとしたが、それより早く、化粧台の下から這《は》い出てきた幸枝が、後ろから、神山に組みついた。

「離せ！」

「今日子ちゃん！　逃げて！」

二人がもつれ合うように倒れる。神山は、立ち上がって逃げようとした。

ゴーン、という音がして、クロロックに一撃された神山は、楽屋の隅っこまで飛んでいって、のびてしまった……。

「──幸枝さん、大丈夫？」

「ええ……。社長がエリカさんと話していたのを、ドアの外で聞いていて、おかしいと思ったんです。社長は、局の重役と話している間に、サト子ちゃんが殺されたと言いましたけど、そうじゃなかった。サト子ちゃんが殺されたのは、その後でした」

クロロックは、神山の体をヒョイとかつぎ上げると、

「おおかた、宮川サト子に恋しとったんだろう。男としてな。しかし、サト子は離れていこうとしていた」

「分かります。サト子ちゃん、何か悩んでいましたわ」

と、幸枝は肯いて、

「どうして今日子ちゃんまで……」

「鏡の中の姿のことを話したろう。神山は、シルエットとはいえ自分の姿を見られたわけだからな。いつか必ず、あんたが気づくと思って、不安でならなかったのだ」

「金井アリサに脅迫されたのね、ばらしてやるって」

「殺人は、他の殺人を生み出すものだ」

と、クロロックは言って、

「あんたは、支度をしなさい。あんたは社長のものでなく、ファンのものだ」

と、肯いてみせた。

——今日子は、楽屋で一人になると、またあの鏡の前に立った。

思いがけない出来事と、近づいてくる本番で、心臓が高鳴っている。

私はファンのもの。——そう。私は私だわ。

鏡の中が、ふと暗くなると、また宮川サト子が現れた。

しかし、今度のサト子は、それまでと違っていた。

今日子に微笑《ほほえ》みかけ、肯いてみせたのだ。

「サト子さん……」

今日子は鏡に向かって手をのばした。——そこには、自分の姿があった。

今のは——サト子だったのか？　それとも自分だったのだろうか。

「今日子ちゃん、本番よ」

ドアが開いて、幸枝が呼ぶ。

「はい！」

今日子は、元気よく答えると、足早に楽屋を出ていったのだった……。

吸血鬼に向かって走れ

ラストスパート

「エリカ！　頑張ってよ！」

「チームの優勝は、エリカの肩にかかってるのよ！」

あのねえ……。エリカは、少々うんざりしていた。

無責任に応援しないでほしいのよね。こっちにだって、事情ってもんがあるんですからね！

——快晴の空、爽《さわ》やかな秋風。木々の間を渡る緑の匂《にお》い。確かに、神代《かみしろ》エリカのごとき人間と吸血鬼のハーフでも、思わず走りだしたくなるような日には違いなかった。

エリカだって、走るのがいやってわけじゃない。成り行きで仕方なく選ばれちゃったにしても、大学の〈学部対抗駅伝大会〉のアンカーである。

選ばれた以上は、一応ちゃんと走ろうとは思っている。しかし……。

ウォーミングアップなどしているエリカに、ワアワアと声をかけているのは、親友かつ悪友の橋口《はしぐち》みどりと大月千代子《おおつきちよこ》。

「パーッと抜かしちゃえ！」

「そうだそうだ！」

――そんなわけにいかないでしょうが。

前の走者の段階で、入った報告によると、何と、エリカたちのチームはビリ！　一位と五百メートルも離れているという。

もちろん、N大学の普通の学生たちでやる「駅伝大会」だから、一人の走る距離なんか、たいしたことはない。二、三キロ走って五百メートルの差をゼロにし、抜かしちゃったら、大変だ！

何といってもエリカは吸血鬼の血を受け継いでいるから、その気になれば、まさに「人間離れ」したスピードが出せる。しかし、そんな力を出すのは、人の命にかかわる時ぐらい。普段は、人並みのスピードで走っているのである。

もし、この駅伝で「本気」を出したら……。「いったいあいつは何だ？」ってことになって、父のフォン・クロロックともども、素性が知れてしまうことになる。

やはり、それはうまくないのである。

ま、みどりや千代子には悪いけど、ここは適当に頑張って、二、三人抜くだけにしておこう。

「来た！　一位の子よ」

と、みどりが森の奥の道から、ポツンと小さく見える走者を見つけて、声を上げた。

「――でも、アンカーはどこにいるの？」

と、千代子が言った。

戸惑いが広がる。――ここで待ち構えているアンカーは五人。いや――四人しかいない！

「第一位のグループだわ、アンカーがいないの」

と、役員の女の子がオロオロしている。

「どうしよう？　どこに行ったの？」

「誰なの、アンカー？」

「みどり、代わりに出る？」

と、千代子が訊《き》く。

「悪い冗談やめて」

みどりが真顔で、

「私はエネルギーを勉学のためにたくわえてるの」

「アンカーは、相原《あいはら》さんだわ。相原久子《ひさこ》さん」

エリカの知らない名前だった。大方、学部も学年も違うのだろう。

「相原さん！　どこにいるの！」

と、役員の女の子は焦《あせ》って叫んで回っている。

何しろ前の走者は何も知らずにせっせと駆けてくるのだ。もう百メートルぐらいの所まで来ている。役員が焦るのも無理はない。

「困ったわ……。どうしよう？」

エリカも、訊かれたって答えようがない。すると――タクシーが一台、走ってきて、停《と》まった。

降りてきたのは――トレーナー姿の女の子だ。急いでエリカたちのほうへと駆けてきた。

「相原さん！　良かった！　間に合った」

「ごめんなさい。友だちの車で来る途中、故障しちゃって……。うちのグループは？」

「今、トップ！　もうそこよ」

「分かった」

パッとトレーナーを脱ぐと役員の子へ渡して、その場で軽く二、三度飛びはねる。スラリと長い足。そして細身で筋肉質の体。

この子、速そうだわ、とエリカは思った。

「来たよ！」

前のランナーが、タスキを外して差し出すのを、受け取ると相原久子は、肩からかけながら走りだしていた。今着いたばかりで、準備運動もしていないのに、足取りは軽やかである。

「――カモシカみたい」

と、見送っている千代子が言った。

「エリカ！　何をのんびりしとるんだ？」

と、声がして――エリカは目を丸くした。

「お父さん！　いつ来たの？」

フォン・クロロックが、いつもの吸血鬼スタイルで、マントを翻《ひるがえ》しながらやってきたのである。

「今のタクシーで来たのだ」

と、クロロックは言って、

「まだ走らんのか」

「駅伝よ。前の子が来なきゃ」

「見えとるじゃないか。すぐ来るぞ」

「あれは違うグループ。うちのグループはね、ビリ」

「何だ、どれでもいいんじゃないのか」

「それじゃ、競走になんないでしょ。――じゃ、今の相原久子って子と一緒だったの？」

「ああ。車がエンコして、困っとるらしかったので、乗せてやった。聞けば、やはりここへ来る途中だというのでな」

「良かったね、それじゃ」

と、エリカは肯《うなず》いて、

「でも、お父さん、会社は？」

クロロックは今、〈クロロック商会〉の雇われ社長である。今日は平日。当然のことながら、仕事中のはずだ。

「またサボってきたのね？　クビになるわよ。そんなことばっかりしてると」

「何を言うか。ちゃんと会社を臨時休業にしてから出てきた」

ひどい社長だ。――エリカは苦笑いした。

そんな話をしているうちに、二位、三位と次々に走者が着き、アッという間に、残りはエリカともう一人の子だけになってしまった。

「ちょっと、あんた」

と、その子がエリカのほうへやってくる。

「え？」

「あんた、神代エリカっていうの？」

何だか、突っかかるような言い方。エリカは面食らった。全然知らない顔である。

「そうだけど……」

「私、栗田《くりた》ますみ。——知ってる？」

「知らない」

「じゃ、憶えときなさい」

と言うなり、エリカを突き飛ばしたのである。

不意を食らって、エリカは尻もちをついてしまった。——怒るというより、唖然《あぜん》として、

「何すんのよ？」

「私の彼氏がね、あんたのこと目つけてんの。いい？　手出したら、ただじゃおかないからね」

「何の話？」

エリカの問いに答える前に、栗田ますみという、その女の子は前の走者が来て、駆けていってしまった。

「何よ、あれ？」

と、みどりがムカッとした様子で、

「エリカ、あんなのに負けないで！」

エリカは立ち上がって、お尻をはたくと、今さらのように腹が立ってきた。——彼氏

がエリカに目をつけてる？　そんなこと、知るか！

「おい、エリカ。今のを追い抜けるのか？」

と、クロロックが訊いた。

「たぶんね。――でも、こっちの走者が早く来てくれないと……」

「あと二百メートルよ」

と、役員が言った。

「ちょっと、無理じゃない？　追いつくのは……」

「なあに、二百メートルごとき。二百キロじゃないのだろ」

クロロックがやや、ややオーバーに言った。

やっと、エリカの番だ。

「ごめん！　頑張ったんだけど……」

前の走者が、汗だくになって、ハアハア喘《あえ》ぎながらエリカにタスキを渡す。

「ご苦労様。――後は任せて」

エリカはタスキをかけると、走りだした。

あの栗田ますみという子とは三百メートルくらい離れている。

「行け、エリカ！」

と、クロロックが両手を振り回している。

「ゴールで待ってるよ！」

と、みどりが叫ぶ。

大学の車があって、ゴールへ先回りしていることになっているのだ。

エリカは、みんなの視野から出るのを待っていた。普通のペースで走って、やがて道が大きくうねる。

「よし……。ここいらから……」

体内を熱いものが駆け巡る。あの栗田ますみって子——。追い抜いてやる！

エリカの足が、唸《うな》りを立てんばかりの勢いで地を蹴り始めた。

エリカが本気になれば、速い。——両側を木立が風のように飛び去っていく。耳もとで風が唸った。

すぐに前の走者が見えてきたが……。栗田ますみではない。では、あの前に出ているのだろうか？

まず一人、エリカは抜いた。抜く時にはまたスピードを落として、じわじわと追い抜く感じにする。

少し後ろが離れると、一気にスピードを上げる。

そして、エリカはもう一人、抜いた。しかし、栗田ますみではない。——どうなってるの？

走者は全部で五人。ということは今、エリカは三位で、前には栗田ますみと相原久子の二人だけということである。してみると、栗田ますみも猛烈に速い足の持ち主だということになる。

とてもそんな風には見えなかったけどな、とエリカは首をかしげた。

足取りは速かったが、少しためらい始めていた。——これ以上上位に出るのはあまりに不自然だ。このへんでやめとこうか。

でも、みどりたちは期待してるだろう。お父さんも……。エリカは迷った。

すると——少し道が真《ま》っ直《す》ぐになって、ずっと先に、相原久子と栗田ますみの二人が見えたのだ。二人はほとんど差がなく、トップを争っている！

エリカは目を丸くした。——こんなことってある？

その時、エリカは、左の木立の中にキラッと光る物を見つけた。ガラスの反射だ。

エリカは足を止めると、そっと木立の中へと分け入っていった……。

「——あ、見えた！」

と、みどりが叫んだ。

「ね、エリカがトップ？」

「そうじゃないみたい……。二人が争ってるわ。——あの子よ、一人は」

「相原久子?」

「そう。でも……もう一人は……」

ゴールには、出場した子の友だちなどが大勢集まって、ワイワイやっている。応援というより、郊外なのでピクニック気分なのである。

「ねえ見て! さっきの子よ。栗田っていったっけ」

「ええ? 本当?」

千代子が目を丸くする。

確かに、先頭を争っているのは相原久子と栗田ますみの二人だった。——少し遅れて、エリカの姿が見えてくる。

「来た! エリカ、頑張れ!」

と、みどりが怒鳴ったが、もうゴールまでは百メートルほど。

クロロックは少し難しい顔をして、ラストスパートをかける二人の女の子を見つめていた。

「やった!」

と、誰かが叫んだ。

わずかの差——ほんの十センチほどの差でゴールのテープを切ったのは、相原久子のほうだった。

テープを切ると同時に、相原久子は前のめりに倒れ込んだ。役員があわててタオルや毛布を手に駆け寄った。

栗田ますみも、もちろん激しく息をついていたが、倒れるほどではなく、苦しげに首を振っているだけ。

そして、エリカが第三位で入ってきた。

「エリカ！　残念だったね」

と、千代子がタオルを持って駆け寄った。

「ありがとう」

エリカはタオルを受け取ると、汗を拭《ふ》いて、

「あの子、大丈夫かしら？」

と、両側を支えられながら歩いていく相原久子を見る。

「相当に参っとるな」

と、クロロックがやってくる。

「お父さん、あのね――」

「うん、分かっとる」

と、クロロックは肯いて、

「二位で入った娘は、途中、走っとらんな」

他の子の耳に入らないように、低い声で言ったのだった。エリカもチラッと栗田ますみのほうを見て、

「そう。母親らしい人がね、車で途中乗せてったみたいよ。でも、どうして分かったの？」

「息の乱れ方だ。あれだけ必死に走ったにしては乱れが少ない」

「あ、あの車だ」

と、エリカは言った。

さっき、走りながら木立のかげに隠れて置いてあるのを見かけた小型車が、ちょうど栗田ますみのそばに停まるところだった。

栗田ますみが素早く車に乗り込む。車はたちまち走り去ってしまった。

「――どうなってるの？」

啞然として、エリカは呟《つぶや》いたのだった。

役員の子が、表彰式をやるので栗田ますみを捜している。

「どうやら、何かわけがありそうだの」

と、クロロックが言って、顎《あご》に手を当てながら、考え込んだ……。

迫られたクロロック

「遅いわねえ、お父さんは」

と、涼子《りょうこ》が時計に目をやって言った。

「とっくに会社は出てるはずなのに、何してるのかしら」

「ワア」

と、虎《とら》ちゃんも母親に賛成という様子で手を上げた。

「エリカさん、虎ちゃんもお腹空《なかす》かすし。いいわ、おかずがなくなったら、先に食べちゃいましょうよ。虎ちゃんがお腹空かせとくから」

可哀《かわい》そうに。――エリカは笑いながら、食事の支度を手伝った。

「あら、電話。お父さんかしら。エリカさん、出てくれる？」

「うん」

エリカが駆けていって、電話に出る。

「もしもし。――もしもし？」

何も言わない、と思っていると、

「エリカか……。私だ」

と、クロロックが、いやに押し殺した声で言った。

「何だ、どうしたの？」

「しっ！　涼子は？」

「今、台所。呼ぼうか？」

「いや、いいんだ。エリカ、すまんが、私のシャツを一枚持って出てきてくれんか。涼子には内緒で」

「何ですって？」

エリカは目をパチクリさせて、

「どうしたの、いったい？」

「うむ……。実はな、ちょっと襲われたのだ……」

エリカは、ますますわけが分からなくなってしまった。

「いや、すまんすまん」

クロロックが、両手を合わせて、

「感謝しとるぞ。今度、チョコレートの一枚も買ってやる」

「いらないわよ、そんなもの」

何となくわびしい雰囲気の喫茶店だった。

店にいるのは、顎《あご》ひげをのばした、気難しそうなおじさん一人。客なんかめったに入らないという感じだ。

「ほら、これでいいの？」

と、エリカはクリーニングから戻ったままのシャツを渡して、

「どうしたのよ、いったい？」

「うむ……。やはり、この状態では帰れんだろ」

と、クロロックがマントの前を開けると、白いシャツにべっとりと口紅が、きれいな唇の形でついている。

「ハハ、凄《すご》いや、こりゃ」

「笑うな。必死で逃げてきたのだぞ」

と、クロロックは真剣である。

エリカの前に、コーヒーが置かれた。

「あ……。私、まだ頼んでませんけど」

と、ひげのおじさんを見上げて言うと、

「なに？　喫茶店に入って、何も飲まないで帰る気か」

と、怖い目つきで見下ろす。

「そうじゃないですけど……」

「だったら、いいだろう。うちはコーヒーしかないんだ。注文なんかとる必要はない」

そう言われりゃそうだが……。

仕方なくエリカは、その真っ黒なコーヒーをそっと飲んでみた。——おいしい！

実にていねいに出してある味だ。エリカはひげのおじさんを見直した。

「——いや、ひどい目にあった」

クロロックはため息をついて、

「会社を出て、帰りに甘いものでも買っていこうか、と歩きだした時だった。車が一台、スッとわきへ来て停《と》まると、声をかけられたのだ——」

「フォン・クロロックさんでいらっしゃいますね」

女の顔には見憶えがなかったが、車のほうは分かった。

「私、栗田伸子《くりたのぶこ》と申します」

「ああ、この間の駅弁大会で二位になった子の母上ですな」

「駅伝でございます」

と、栗田伸子は訂正した。

「そ、そうでしたな」

お腹が空いていたので、つい駅弁と言ってしまったのだ。クロロックは赤面した。

「私に何かご用ですかな？」

「折り入ってお願いしたいことが。——お乗りになりませんか」

で——断るのも悪いかと思って、乗ってしまったのが間違いだった。

車はしばらく走って、あるビルの前に停まった。そこは、クロロック商会の接待費などでは到底払えない、高級なステーキの店だったのである。

「こちらで、夕食でもとりながら、お話を聞いていただけませんか？」

と、栗田伸子は言った……。


「それで、私は堂々と断ろうと思ったのだ」

と、クロロックが言った。

「ところが、不思議なことに、いつしか私はそのステーキ屋の椅子に座っており、目の前には、デンと分厚いステーキが……。世の中には不思議なことがあるものだ」

「ちっとも不思議じゃないわよ。ただ、ステーキにつられてフラフラとその店に入ったってだけじゃないの」

「そう言ってしまっては、身もフタもない」

「同じことでしょ。——で、何だったの、話って？」

「私、いろいろお噂を耳にいたしましたの」

と、栗田伸子は言った。

「ほう。私の噂ですか」

ワインで少々赤くなりながら、クロロックが肯《うなず》いた。

「ま、確かに、秀《ひい》でた者は、どう隠れていても目立つものではありますが」

「クロロックさんは、人間離れをした、不思議な力をお持ちとか」

「いや……まあそれほどでも」

「ぜひ、お力をお借りしたいのです。娘のますみのために」

「というと？」

「先日もご覧になったでしょう。——相原久子《あいはらひさこ》。ますみとはライバル同士でした。ずっと、昔から。でも、ますみはどうしてもあの子に勝てないんです」

「勝つことばかりが大切ではありませんぞ」

と、クロロックが言うと、栗田伸子はキッとなって、

「いいえ！　勝たなければ意味がないんです！　ますみはあの子より絶対に優秀なのです！」

と、言い切った。

こういう手合いには、逆らわないほうがいい。クロロックも、

「それで、私にどうしろとおっしゃるのかな？」

と、訊《き》いたのだった。

「私、あなたのことを調べさせていただきました」

栗田伸子は、少し低い声になって、

「あなたは――吸血鬼なんですね」

クロロックはギョッとして、ワインのグラスを落っことした。

「いや、もったいなかった！　まだグラスに三分の一ぐらい残っていたのに」

「いやね、まったく。――で、どうなったのよ、それから？」

「ああ、その先は……。帰りがてら、話そう。エリカ、すまんがここのコーヒー代、払ってくれるか」

エリカは、お父さんにもう少しおこづかいを持たせるように、涼子に言おう、と思った……。

「ごちそうさま。おいしかったわ」

と、エリカがお金を払いながら言うと、喫茶店のひげのおじさんはニヤッと笑って、

「また来てくれ。ちゃんと同じ味のやつを飲ませてあげるよ」

エリカは微笑《ほほえ》んだ。——せっせと働いて出世するのも大変だろうけど、こんな風に、いつも変わらない味を保ち続けるのも大変なことなのだ。

——シャツを替えたクロロックはエリカと二人でタクシーに乗って家へ向かった。

「友だちに急に呼び出されたってことになってるんだからね」

と、エリカは言った。

「分かっとる。マンションのロビーで、たまたま会った、ということにしよう」

と、クロロックは肯いた。

「で、栗田伸子の話は?」

「ああ、つまりな」

クロロックは、タクシーの運転手に聞こえないように低い声で言った。エリカには十分聞き取れる。

「私にかまれたいというのだ」

「え?」

「吸血鬼にかまれて、自分も吸血鬼になれば、人並み外れた能力が身につくだろうというわけだ」

「呆《あき》れた! だいたい、そのお母さんが吸血鬼になって、どうするわけ?」

「いや、だから娘を近くのホテルに待たせてある。案内するから、血を吸ってやってくれと……。ヤブ蚊か何かと間違えとる」

「それは断ったんでしょうね。まさかデザートにつられて、とか……」

「とんでもない！　だいたいそううまくいくものではない。吸血鬼の映画や本の中身を信じてるのが間違いだ」

「じゃ、どうしてあの口紅がついたの？」

「私が断ると、あの女は、『それならせめて、私を！』と言って、いきなり抱きついてきた。その時にベタッと……」

エリカは肯いて、

「その話で、お母さんが納得するとは思えないね」

「だろう？　だから、内緒だ。頼むぞ」

「分かったけど……。夕ご飯、どうするの？　外で食べちゃった、なんて言ったら、お母さん、誰と食べたの、って訊くに決まってる」

「うむ。——仕方ない。必死で食う」

クロロックは、悲壮な面持《おもも》ちで言ったのだった……。

タクシーがマンションの前で停まり、エリカが料金を払って（！）、降りると、

「おや」

と、クロロックが言った。

「見ろ。——あの娘だ」

「え？」

ロビーは明るいので、外からよく見える。

何となく、やってきたものの、帰ろうかどうしようかと迷っている、という様子の女の子。——駅伝で一位になった相原久子だ。

見ていると、相原久子はちょっと肩をすくめ、マンションから出てきて、夜道を歩いていった。

「私、後を尾《つ》けてみる」

と、エリカは言った。

「頼むぞ。いい加減帰らんと怖い」

「分かってる。——じゃ、行って」

エリカは、相原久子から少し離れて歩きだした。

相原久子は、顔を半ば伏せがちにして、足早に歩いていく。

そして、ある道の角で——危うく誰かとぶつかりかけて、

「あ、ごめんなさい！」

パッとわきへよけたが——。

その二人は、一瞬顔を見合わせた。エリカも足を止めて、成り行きを見守っていた。

相原久子とぶつかりそうになったのは、何と栗田ますみだったのである。

二人とも、しばらく黙っていたが、やがて口を開いたのは、相原久子のほうだった。

「どこへ行くの？」

「そっちは？」

と、栗田ますみが訊き返す。

「たぶん……同じ所ね。私、結局、戻ってきたの」

「そうか……。うちのお母さんと同じこと考えたの？」

「そうらしいね」

と、相原久子は笑った。

少々意外な光景だった。相原久子と栗田ますみは、ごく当たり前の女の子同士という調子で話していたのである。

「——ね、久しぶりに、話でもしない？」

と、相原久子が誘うと、栗田ますみは即座に肯いた。

「いいよ、お姉ちゃん」

それを聞いて、エリカは耳を疑ってしまった。

そして、歩きだした二人の後を、尾けていったのである。

契　約

久子《ひさこ》を送り出した後、相原美津子《あいはらみつこ》はダイニングキッチンの椅子に座って、しばらく休まなくてはならなかった。

低血圧で、朝は弱いのである。久子が陸上部の練習で、普通の大学生よりずっと早く出ていくので、美津子としては楽じゃないのだ。

久子にしても……あの打ち込み方は普通じゃない。もともと、体はそう丈夫なほうじゃなかったのだし。

あんな無理を続けて、そのうちどこか悪くならなきゃいいけど……。

どうしてこんなことになってしまったんだろう？　――美津子は、怖かった。このままどこまで行ってしまうのかと思うと、恐ろしくなることがあったのである。

ピンポーン、と玄関のチャイムが鳴った。

「はいはい……」

何だろう？　座ったまま返事したって、玄関までは聞こえやしないのだが。

やっとこ立ち上がって、玄関へ出ていく。朝のこんな時間にやってくるのは、たいてい書留か荷物だ。

「──どなた？」

玄関のドア越しに声をかける。

返事はなかった。しかし──何か妙な気分だった。何も聞こえなかったのに、開けなきゃいけない、という気持ちにさせられていたのだ。

そう。とても大切な用事なんだわ……。

男が立っていた。──黒ずくめの、異様な格好。つばの広い帽子を目深《まぶか》にかぶり、顔も半ば隠れて、見えない。

「あの──」

と、美津子は言いかけて、言葉を切った。

そうだわ。この人には何もかも分かっているんだ。私が何を望んでいるのか。

「契約するかね」

と、かすれた声が言った。

「契約……」

「そう。──あんたの娘のためだよ。分かってるだろう」

「ええ……。久子のため……」

そうだわ。久子のためなんだ。あの子のためなら、どんなことだってする……。

「分かってるね」

と、男は念を押した。

「ええ、よく分かってます」

と、美津子は答えていた。

「じゃ、腕を出しなさい」

美津子は、左の腕を前に出して、袖口《そでぐち》からまくりあげた。男が黒いコートの前を開けると――小さなナイフがその黒い手袋をはめた手に握られていた。

「じゃ、契約だ」

「ええ……」

ナイフの尖《とが》った切っ先が、美津子の腕をスッと傷つけた。たちまち血がにじみ出て、筋を描いて落ちていく。美津子は少しも痛みを感じなかった。

「さあ、その血を」

と、男が言った。

その時だった。――突然水がザバッと美津子に浴びせられたのだ。

美津子はハッと我に返った。

黒ずくめの男が、怒りの呻《うめ》き声を上げて振り返る。――立っていたのは、エリカだった。

「目を覚まして！」

エリカは手にしていたバケツを投げ捨てると、男をにらんだ。

「何者なの？　その人に近づかないで！」

男は、二、三歩後ずさると、

「邪魔したな、俺のことを！」

と、叫ぶように言って、パッと身を翻《ひるがえ》し、駆けていって、たちまち見えなくなった。

美津子は、頭からずぶ濡れになったまま、呆然《ぼうぜん》と突っ立っていたが……。

「大丈夫ですか？」

エリカが声をかける。

「ええ……。どうしたのかしら、私？　腕をこんなにけがして……」

「催眠術をかけられていたんです」

「催眠術？」

「ええ。――あの男、誰かは分かりませんが、とても強い〈悪〉の意志を感じたんです。

それで、とっさに水を。ごめんなさい」

「いいえ」

美津子は首を振って、

「何か、とんでもないことをしてしまうところだったみたい。――ありがとう、目を覚まさせてくれて」

「中へ入りましょう。傷の手当てを」

エリカは、微笑《ほほえ》みながら言った。

「もう血は止まりました」

と、相原美津子は包帯を巻いた腕を見下ろして、言った。

「でも、あの男、私に何をさせるつもりだったんでしょう?」

「〈契約〉だ、と、そう言ったんですね?」

エリカは、リビングルームのソファに戻って、出してもらったお茶を飲みながら、訊《き》いた。

「そう言ったような気がします」

と、美津子は肯《うなず》いて、

「でも、ぜんぜんそんな憶えはないんです。――まさか、あんなやり方の保険の勧誘もないでしょうし」

「他に何か言いませんでしたか、あの男?」

「さあ……。何だか娘のことを……」

「娘さん？　久子さんのことですか」

「ええ……。そう、そうです。思い出したわ。——確か『娘のためだ』とか言ってたような気がします」

エリカは、少し考え込んでいたが、

「——実は、久子さんと、栗田《くりた》ますみさんのことで、おうかがいしたいことがあるんです」

と、ソファに座り直した。

「栗田さんのこと……」

相原美津子は、ハッとした様子で、

「あなたはいったい——」

「久子さんと栗田ますみさんは、どういう関係なんですか？」

エリカの目をじっと見ていた美津子は、ふっと肩の力を抜くと、

「——久子も栗田ますみさんも、同じ父親の子なんです」

と、言った。

「じゃ……」

「私も、栗田伸子《のぶこ》さんも、ずっと独身を通してきました。私たちは大学時代、親友同士だったんです。それはもう——何をするのも一緒、というぐらいに。ところが……」

と、相原美津子は辛《つら》そうに言葉を切って、少し間《ま》を空けてから、続けた。

「とんでもないことに、二人で同じ人に恋してしまったんです」

そんなこともあるだろう。恋に関して、ベテランとも言えないエリカだったが、分かるような気がした。

「恐ろしいことですけど、その男の人をめぐって、親友同士だった私たちは、今度は敵同士になってしまったんです。――その男性は今思えばたいした人じゃなかったのかもしれません。でも、栗田さんと争っている時には、どんなことをしても失いたくない人と思い詰めてしまったんですね」

「じゃ、久子さんはその人の子なんですね」

「ええ。久子も、ますみさんもです」

と、美津子は肯いて、

「当の男性は、結局私と栗田伸子さん、両方にいい顔をしておいて、逃げてしまったんです。そして交通事故で呆気《あっけ》なく死んでしまいました」

美津子は苦笑した。

「――本当なら、そこで私たち、仲直りしてもいいはずでした。でもお互い我が子こそが彼とそっくりなんだ、と競い合って……。馬鹿げた話です。――幼稚園の時から、二人とも同じ幼稚園、小学校、中学校……。とうとう大学まで、母親同士の始めた争いが、続いているのです」

エリカも、びっくりした。——何て気の長い話！

「私はもう忘れたいと思っています。でも、栗田さんのほうは……。この間の大学の駅伝大会でも、ますみさんが久子とトップを争ったとか」

「私も出ていましたから」

「そうですか。——ますみさんが可哀《かわい》そうで……。あの子のことは小さいころからずっと見てきたんです。久子はもともと足も速いし、運動神経がいいのですが、ますみさんは、そうじゃありません。それなのに、久子が陸上部に入ると、栗田さんは娘を同じ陸上部へ入れて……。ますみさんもきっと辛いだろうと思うんです。でも、ますみさんは、気のやさしい子で……。お母さんの希望を裏切ることができないんでしょう」

エリカは肯いて、

「よく分かりました。何だか、この間の駅伝大会での二人が、普通じゃないように見えたものですから……。余計なお節介と思われるでしょうけど」

「いいえ。ご心配いただいて……。栗田伸子さんがもっとますみさんのことを考えてあげるといいと思いますわ」

美津子はそう言ってから、

「さっきの妙な男……。そのことと何か関係があるんでしょうか」

と、不安げに言った。

「そうですね」

エリカは曖昧《あいまい》に首を振って、

「そうかもしれません。もしかすると……」

と、呟《つぶや》くように言った。

そして突然パッと立ち上がると、

「すみません、失礼します！」

と一言、アッという間に相原家を後にしていた……。


栗田伸子は、買い物からの帰り道だった。

主な買い物は午前中にすませておく。——これが伸子の主義である。

いや、仕事を持つ身として、朝のうちにすべてをやってしまわないと、後の予定に差し支えるのである。

ショッピングカートは、ギイギイと音を立てた。古くて、ガタがきている。

私と同じじね。——伸子はそう思って、ちょっと笑った。

正直なところ、疲労を感じる度合いが、この何カ月か、ひどくなっている。いちおう、ちゃんと仕事はしているが、時折ヒヤリとすることがあった。

以前なら決してなかったことだが——重要な約束や連絡を、フッと忘れてしまうことがあるのだ。

あわてて駆けつけたり、電話で連絡して、今のところ、たいした問題にはなっていないが、このままいったら……。怖いようである。

仕事を失うわけにはいかない。——何があっても。

ますみを立派に卒業させ、お嫁にやる。あの人の娘として、恥ずかしくないところへ。

それまでは、何が何でも、頑張らなくては！

「そうよ」

と、伸子は口に出して言った。

「美津子なんかに負けてたまるもんですか」

口に出して言うことで、自分を叱《しか》りつけていたのだ。

しかし、限度というものはある。——精神力だけでは、どうにもならないことが。

アパートが見える角まで来て、栗田伸子はちょっと息をついた。少し貧血気味で、足もとが頼りない。

でも、大丈夫。ほんの少しで、アパートへ着く。そしたら、仕事に出るお昼ごろまでは横になっていてもいい……。

軽く頭を振って、伸子はまた歩きだそうとした。すると——。

ふっと目の前が暗くなる。

何だろう？　誰かが立っている。――ちょっと。どいてください。急ぐんですから。

え　何て言いました？

薄れていく意識の中で、伸子は聞いた。はっきりとした男の声を。

「ますみのためだ」

と、その声は言ったのだった。

「契約するか」

ますみのため？　それなら――あの子のためになら、何だってするわ。もちろんですとも。

契約？　ええ、いいですよ。何？　どこへハンコを押せば……。

伸子は、完全な闇に包まれて、地面に崩れるように倒れた。ショッピングカートが倒れ、中からリンゴがゴロゴロと転がり出たのだった……。

入院

「お母さん！　お母さん！」

声がだんだん近づいてくる。

いや、こっちから近づいていっているのだろうか？　仲子《のぶこ》にはよく分からなかった。

ますみ？　ますみなの？　何してるの、こんな所で。あんたは、走る練習をしなきゃいけないのよ……。

「——あ、目をあけた」

と、ますみが言った。

「お母さん！　どう、気分？」

ますみが覗《のぞ》き込んでいる。

栗田《くりた》仲子は、やっと自分がベッドに寝ていること、それも自分のアパートのでなく、どこかよそのベッドに寝ていることに気がついた。

「ますみ……。どうしたの？」

「どうしたの、じゃないよ」

と、ますみは苦笑いして、

「アパートの近くで引っくり返って。——救急車でここへ運ばれたのよ」

「救急車で？」

まったく記憶がない。白い天井が、やっとはっきり見えてきた。

どうやら、とんでもないことになってしまったようだ。

「ますみ……。まだ明るいじゃないの。大学は？」

「それどころじゃないでしょ」

と、ますみは呆《あき》れた様子で、

「母親が倒れて入院したっていうのに、大学でのんびり講義受けてろ、って言うの？」

「誰かが……知らせてくれたの？」

「そう。——ほらそこにいる、神代《かみしろ》エリカさんよ。この間の駅伝で三位だった」

栗田伸子はドキッとして顔をめぐらせた。

病室の入り口近くに立っていたエリカは、ベッドのほうへと近づいて、

「お医者さんの話では、過労からきた貧血だろう、ってことです」

と、言った。

「あなたが……。クロロックさんの娘さんね」

「そうです」

と、エリカは肯《うなず》いた。

「先日は父がいろいろと――」

伸子は、ちょっと咳払《せきばら》いして、

「ますみ、悪いけど、オフィスへ電話入れてきてくれる？」

「うん、しばらく休む、ってね」

「今日だけよ。明日は出るわ」

「無理しちゃだめ。私が許可するまでは、寝てること！　分かったわね」

ますみが病室を出ていった。

「――これ、父から、先日ごちそうになったステーキの代金です」

エリカは封筒を、伸子の手に置いた。

「エリカさん……」

「ますみさんの張り切ってる姿、見ました？　お母さんの世話ができる、っていうのが嬉しくてしようがないんですよ」

伸子は、胸をつかれた。

「でも……あの子には、やらなきゃならないことが……」

「相原久子《あいはらひさこ》さんに勝つことですか」

「どうしてそれを――」

「相原美津子《みつこ》さんから、聞きました」

「そう……」

仲子は、じっと天井を見上げて、

「馬鹿らしいと思うでしょうね……」

「いいえ。――でも、ますみさんのことを、第一に考えるべきだと思います」

「分かってます。でもね……」

エリカは、栗田仲子の、包帯を巻いた左腕に目をやった。

「この腕の傷、憶えてますか？」

「傷？」

仲子は戸惑った。

「私が見つけた時、あなたは地面に突っ伏していて、左腕に、傷があったんですよ」

「まあ。――どうしたのかしら」

「憶えていませんか」

仲子は、じっと眉《まゆ》を寄せて考え込んでいたが、

「何だか……はっきりしません。ぼんやりと……」

「誰かが言ったんじゃありませんか。『契約』って」

「そう！　そうだわ」

仲子は思わず大きな声を上げて、六人部屋の他の患者たちからにらまれてしまった。

「誰かが立ってたんです。そしてフーッと気が遠くなって……。その男が言ったんです、確かに。契約だ、と」

「あなたは、ＯＫしたんですか？」

「したような……気がします。ますみのため、と言われて」

「他に何か憶えていることは？」

「何も。――それっきり真っ暗になって、気がつくと、ここに」

エリカは肯いて、

「分かりました。――あんまり疲れないようにしてください。気をつけて」

と言うと、病室を出た。

ますみが戻ってきたところで、

「あ、エリカさん、帰るの？」

「ええ。娘さんがついてりゃ、安全でしょう」

「そうよね。私、前から一度、母の面倒みたかったの」

あの駅伝の時の暗いかげは、みじんもなかった。目を輝かせ、張り切っている。

「今夜は、お母さんのそばにいてあげて」

と、エリカは言った。

「そうするわ」

「十分に用心してね」

エリカの言葉に、ますみは面食らったようで、

「用心って――母は単なる過労なんでしょう？」

「もちろん。でもね、人間は誰の手でも借りたい時というものがあるのよ」

エリカは、キョトンとしているますみを残して、足早に廊下を歩いていった。


「ほう。契約か」

クロロックが、夕食をとりながら言った。

「何か心当たり、ない？　かなり不気味な男だったの」

エリカもしっかり夕食をとりながら、訊《き》いた。

「少しも生命保険の契約らしくなかったわ」

「生命保険ねえ」

と、涼子《りようこ》が虎《とら》ちゃんにご飯を食べさせながら、

「そろそろお父さんにも入っといてもらう、虎ちゃん？」

「ワア」

虎ちゃんが両手を上げて賛成（?）した。

「虎ちゃんも入ってくれ、って言ってるわ」

「健康診断ではねられると思うけど」

と、エリカは言った。

「そうね、特に血液検査でね」

「おい涼子、私は何も悪い所へ遊びに行ったりしとらんぞ。このクロロックは真面目《まじめ》一筋、お前以外の女には目もくれん！」

と、クロロック、演説している。

「あら、そう？　でも、可愛い女の子を見るのは好きでしょ」

「まあ……否定はせんが、それにしてもだな――」

「いいのよ。そんなの当たり前のことだわ。私だって、いい男がいれば、ついウットリ見とれることだって……。ね、エリカさん？」

クロロックはチラッとエリカのほうへ目をやった。この間の栗田伸子にキスされたのがばれているのかと思って気が気じゃないのだ。

あのね、そんなにあわてたりするから、かえってばれちゃうのよ、とエリカは苦笑いした。

「ま、いずれにしてもだな」

と、クロロックは話を変えた。

「その〈契約〉というのは、どうも気になるな。まともな話とは思えん」

「でしょう？　——栗田さんと相原さんの競争心を煽《あお》って、何か騙《だま》そうとしているんだったら……」

「いや、何か売りつけるとか、インチキ商法で引っかけようとしているとかいうのなら、どうってことはない。心配なのは……」

と、クロロックは考え込んだ。

「あなた、ちゃんとお食事してよ」

と、涼子が言った。

「おかずが気に入らない？」

「いや、とんでもない！　お前の料理は天下一品、おかずは二品」

「でもね、有名なお店のステーキ、ってわけにゃいかないわ」

クロロックがギョッとしてむせた。あわててお茶を飲むと、

「そ、それはだな、ステーキなどというものは、たまに食べるから旨《うま》いのだ。なあ、エリカ」

「そうね。——それより、心配なことって、何？」

「うむ。そりゃステーキだ。いや、違った。つまり、よくあるだろう、望みをかなえて

やる代わりに、魂《たましい》をよこせ、とか」

「まさか！　悪魔が出たとでもいうの？」

「いや、人間の中にも、悪魔というのは、住んでおるのだ」

クロロックは分かったような、分からないようなことを言ったが……。

「で、栗田伸子という女は、〈契約〉を結んでしまったのだな？」

「はっきりは憶えてないみたい。でも、腕にこう、傷があって……」

「なるほど。──もちろん、それは単なる象徴みたいなものだろう。しかし、いったい何をさせるつもりか……」

クロロックは首を振って、

「その女、見張ったほうがいいかもしれんな」

「そう思う？」

「うむ」

クロロックが肯く。そして何か言いかけた時、電話が鳴りだしたのである。

「出るわ」

エリカが駆けていく。

「──はい。もしもし？　──あ、ますみさん？　──え？」

エリカが、ハッとするのが分かって、クロロックも立ち上がった。

「分かったわ。——いえ、あなたはそこにいて。——ええ、連絡するわ」

エリカが受話器を置いて、

「栗田伸子が——」

「いなくなったか」

「ますみさんが、ちょっと病室を出ている間に、出ていっちゃったらしいわ」

「では出かけよう」

「どこへ？」

「もちろん、相原久子という子の家だ」

クロロックとエリカは急いで、支度をして出かけることになった。——二人とも、夕食はほぼ終わっていたので、涼子ににらまれずにすんだのだった……。


何の音だろう？

ふっと目を覚まして、相原久子は起き上がった。

「まだこんな時間……」

いつの間にか眠り込んでいたのである。

じゃ、お母さん、お風呂かな。——久子は欠伸《あくび》をした。

ベッドに、ちょっと横になるつもりが、つい眠ってしまったのだ。疲れているのかもしれない。

何といっても陸上の練習は辛《つら》い。いくら若いといっても、体には応《こた》える。

ガタッ、ガタッ。

何だろう？——さっきも、この音で目が覚めたのだ。

どこか、窓か何かを叩いているような、それとも、無理にこじ開けようとしているかのような音だ。

久子は、自分の部屋を出た。——母と二人の暮らしで、やはり用心深くなっている。

「お母さん」

と、久子は呼んでみた。

「——お母さん？　お風呂？」

ザーッと水の流れる音が、バスルームから聞こえてくる。やはりお風呂らしい。

母の美津子は、おかしいくらいに、きちんと決まった時間に入浴する。いや、何ごとも予定通りにやらないと気のすまない性格なのである。

ガタッ。

また同じ音がした。——久子はドキッとして、振り向いた。

今のは、確かにバスルームの中から聞こえた。もちろん、何でもないのかもしれない。

母が、シャンプーの容器でも落っことしたのかも……。

でも——何だか気になった。

久子は、バスルームのドアをノックした。

「お母さん？　大丈夫？　——お母さん？」

返事がない。水の音は、止まっていた。

久子は、バスルームのドアを開けた。

「お母さん——」

浴槽に、母が沈んでいる。久子は一瞬、棒立ちになった。

何よ、これ！　お母さん、どうしてお湯の中にいるの？

「お母さん！」

久子は駆け寄った。浴槽の中から、母の体を抱き起こす。

「お母さん！　しっかりして！」

窓が開いていることに、久子は気づいていた。

その時——バタン、と大きな音がした。そして、バスルームへと駆けてきたのは——。

「神代さん！」

と、久子は目をみはった。

「どうしたの？　叫び声が聞こえて」

と、エリカが言った。

「母が沈んでたの！」

「そりゃいかん」

と、顔を出したのはクロロックだった。

「エリカ、お前が水を吐かせてやれ。私は外を見てくる。逃げていく足音がした」

「うん、分かった！」

久子は、エリカがバスタオルをつかむと、それで母の体を包み、軽々と抱き上げるのを見て唖然《あぜん》とした。

エリカは、相原美津子を居間へ運んだ。

――幸い、たいして水は飲んでいないようで、何度か胸を押してやると、せき込んで、目を開けた。

「まあ……。どうしたのかしら？　私……」

と、美津子は、大きく息をついた。

「神代エリカさん……だったわね」

「そうです。気分は？」

「ええ、何とか……」

「お母さん！　どうしたの、いったい？」

と、久子が身をかがめる。

「よく分からないのよ。お風呂に入ってたら、何だか隙間風《すきまかぜ》が入って……。窓のほうを見たら、急に黒い布みたいなものをスポッと——。頭ごとお湯の中へ押し込まれたの」

相原美津子は、濡れた頭を振って、

「久子……。タオルを取って。それと服を」

「うん」

久子がバスルームへ駆けていく。エリカは、

「今、父が外を見に行っています」

と、言った。

「助けてくださったのね。ありがとう……。でも、どうしてここへ……」

エリカが答える前に、久子が戻ってきた。

ともかく、美津子は、濡れた体を拭《ふ》いて、服を着ると、少し落ちついた様子だった。

「——どうかな?」

と、クロロックが戻ってくる。

「お父さん。どうだった?」

「逃げられたようだ。窓の下に足跡がついている。裸足《はだし》のな」

クロロックはそう言って、

「栗田伸子が入院したことは知っとるかな?」

と、美津子に訊いた。

「娘から聞きました」

と、美津子は肯いて、

「ますみさん、大学を早退して帰ったとか。でも、栗田伸子さんが何か……」

「病院から姿を消してるんです」

と、エリカが言った。

「まあ……。でも、どうして？」

エリカとクロロックがチラッと目を見交わすと、美津子は、目を見開いて、

「伸子さんが私を？　――まさか！　そんなこと、あり得ませんわ」

と、言った。

「だといいのだが」

クロロックは考え込みながら、

「これから病院へ行ってみる。――一緒に行く元気はあるかな？」

「もちろんです。すぐに支度を。久子、あなたは――」

「行くわ」

と、久子はきっぱりと言った。

久子の表情は、何か思い詰めるように、固く、こわばっていた……。

汚れた友情

　みんなが病院へ入っていくと、栗田《くりた》ますみが、玄関のあたりに立っていた。

「あ、エリカさん」

　と、駆けてきて、相原美津子《あいはらみつこ》と久子《ひさこ》に気づく。

「ますみさん、お母さんは？」

　と、美津子が訊《き》いた。

「ええ、あの……。戻ってきたんです」

　と、ますみは曖昧《あいまい》な言い方で、

「いつの間にか……。捜し回って、病室へ帰ったら、ベッドに――。心配かけて、すみません」

　クロロックが、ますみの肩へ手をかけて、

「何か心配なことがあるようだな」

「え？」

「戻ってきた母親に会わせてくれるか」

「ええ……。眠ってますけど」

「構わん」

――クロロックを先頭に、病室へ向かう。

エリカは、そっと父のほうへ、

「様子がおかしくない?」

と、ささやいた。

「分かっとる。おかしくて当たり前なのだ」

と、クロロックが言った。

「わけの分かんないこと言って」

病室のドアを、ますみがそっと開ける。

「静かにしよう。――他の患者もおる」

クロロックは、眠っている様子の、伸子のベッドへ近づくと、毛布の足のほうをめくってみた。

「まあ……」

と、美津子が言った。

栗田伸子《のぶこ》の足は、泥で汚れていたのだ。

「廊下へ出よう」

クロロックは、毛布を元の通りに戻し、促《うなが》した。

廊下へ出ると、相原美津子がゆっくり息を吐き出して、言った。

「あれは、伸子さんだったんですね」

「何のことですか？」

と、ますみが訊く。

「相原さんが殺されるところだったのよ」

エリカが事情を説明してやると、ますみの顔から血の気がひいた。

「まさか！　お母さんがそんなこと――」

「でも、あの足……」

美津子は眉《まゆ》を寄せて、

「やっぱり、伸子さんがやったとしか思えないわ」

「そんな……」

ますみは呆然《ぼうぜん》としている。――クロロックは首を振って、

「長い間に積もった恨みが、そうさせたのだろう。――当人は意識していなかったかもしれんがな」

「お母さんが……」

「しっかりして」

と、ますみの肩を抱いたのは、久子だった。

「病気だったのよ。仕方ないわ」

「でも……」

ますみがよろけるように長椅子まで行って腰をおろすと、両手で顔を覆《おお》った。

「――どうしたらいいでしょう?」

と、美津子がクロロックへ訊いた。

「私としては……仲子さんのこと、訴え出るなんて……」

「しかし、放っておいてはいかん。病気なら治療するしかない。そうだろう」

「ええ……」

「あんたたちは帰っていなさい。――私からここの医師に話してみる」

美津子は、ため息をついて、

「分かりました。――お任せします。どうかよろしく」

と、頭を下げた。

相原美津子と久子が廊下を歩いていくと、エリカは言った。

「でも、あの妙な〈契約〉のことはどうなるの?」

「もちろん、有効だろうな」

クロロックは、目をキラッと光らせて、

「で、当然のことながら、後を尾《つ》けていこうじゃないか」

「誰の？」

「もちろん、あの親子のさ」

と、クロロックが、遠ざかっていく相原美津子と久子の後ろ姿へ目をやった……。


「——お母さん」

と、久子は居間を覗《のぞ》いて言った。

ソファで、何やら考え込んでいた美津子は、ふっと我に返った様子で、

「何か用？」

「もう寝なきゃだめよ」

と、言った。

「うん。——おやすみ」

「おやすみなさい」

美津子は、久子がいなくなってから、しばらくじっとソファに座っていた。

そして、チラッと時計に目をやると、立ち上がり、玄関へと出ていく。

もう、夜中だった。音をたてないように気をつけながら、外へ出る。

「――どこかにいるの？」

と、低い声で言った。

「返事して。――どこなの？」

「ここにいる」

突然、背後で声がした。

「ああ、びっくりした。――本当に、音をたてないのね」

美津子は息をついて、

「うまくやってくれたわ」

「当たり前だ」

と、その黒いコートの男は言った。

帽子を目深《まぶか》にかぶっている。

「後は、伸子さんが病院に入ったきり、出られないようにしてくれれば」

「分かってるとも」

と、男は小さく肯《うなず》いて、

「望みはかなえてやる」

「お願いよ。――約束はちゃんと果たすわ」

「楽しみにしているよ」

と、男は言った。

「差し当たり、もう一つぐらいは必要だわ。何か、伸子さんにやらせてちょうだい」

「何がいい？　今度は娘を襲わせるか」

「久子はやめて！　あの子に万一、けがでもされたら……」

「じゃ、あんたがもう一度？　かえって疑われるかもしれないぞ」

「でも……。絶対に久子にけがさせない、と約束してくれる？」

「簡単なことだ」

と、男は低い声で笑った。

「ところで――栗田伸子は、車の運転ができるな」

「もちろん」

「それならいい。――娘のランニングのコースは？」

と、男は訊いた。


朝。――鳥のさえずりが、どこからともなく響いている。

久子は、規則正しいリズムで呼吸しながら走っていた。

毎朝のことだが、もちろん苦しいことに変わりはない。やめてしまいたいと思うこともある。しかし、それはできなかった。

家の周囲、五キロほどのコース。もちろん、いつも同じ道だ。タイムも、時計を見なくても、たいてい三十秒と違わなかった。

いいお天気……。

走りながら、久子は、青空を見上げた。

こんな日は、走らずに、歩いてみたい。のんびりと青空を見上げて……。

でも、体のほうはいつの間にか走りだしているだろう。たぶん。

道を曲がった。ゆるい坂道。下りだ。軽快に足取りも弾んで、楽しかった。

でも——楽な下りがあれば、必ずきつい上りもある。そんなものなのだ。

車が一台、久子を追って、坂を下り始めた。

エンジンがかかっていないので、音がしない。久子を追っていく。重さが加速となって、徐々に久子に迫って——。

「危ない！」

パッと飛び出して、久子をわきへ押しのけたのは、エリカだった。

「エリカさん！」

「車よ」

「え？」

久子は、車が目の前を駆け抜けていくのを見て、息をのんだ。

「あの車――」

「あなたは助かることになってたの。でも、中に乗っている人は……」

「誰か乗ってるの?」

車の中から、パッと黒い人影が飛び出す。

車はそのままぐんぐん加速して、坂道を下っていく。

「ぶつかるわ!」

と、久子が声を上げた。

「大丈夫」

エリカが肯いてみせる。――久子は、誰かが、その車へと駆け寄ってパッと飛びつくのを見て、唖然《あぜん》とした。

「あれ――あなたの――」

「うちの父よ」

クロロックは、車のドアを開け、中に消えた。キーッと鋭い音がして、ブレーキがかかる。

車は、坂道の一番下へ達していたが、かろうじてどこにもぶつからずに停まった。

「行きましょう」

と、エリカが駆けだし、久子も後を追っていく。

「やれやれ」

と、車からクロロックが出てきて、

「危機一髪だった」

「大丈夫？」

「うむ。眠っとるがな」

車の中を覗いて、久子はびっくりした。運転席にぐったりと座り込んでいるのは、栗田伸子だったのだ。

「栗田さんが？」

「彼女は、初めから眠っていた。彼女がやったように見せかけようとしたのだ」

と、クロロックは言って、

「そうだな？」

と、振り向いた。

木かげから、黒いコート、黒の帽子の男が現れた。

「邪魔したな、俺のことを！」

「邪魔されるようなヘボな術なら、使うな」

「何だと！　――お前らを人形のように操ってやる！」

「そうか？」

クロロックが、パッと両手を突き出すと、相手は二、三メートルも後ろに吹っ飛んだ。

「畜生！　──俺は──」

と、やっと起き上がった時、帽子が落ちた。

「あ！」

エリカが目をみはる。

「あの喫茶店の──」

顎《あご》ひげのおじさんだったのだ！

「我々の話を聞いていて、こんなことをやる気になったのだな。中途半端な遊びは、自分を傷つけるぞ」

クロロックが肯くと、相手は、

「ワッ！」

と、声を上げて、引っくり返った。

そこへ足音がして、美津子が駆けてきた。

「久子。──どうしたの？」

「おはようございます」

エリカは頭を下げて、

「今、久子さんを車で狙った男をのしたところです」

美津子は、大の字になってのびている男を見下ろして、青ざめた。

「お母さん」

と、久子が言った。

「お母さんがやらせてたのね、この人に。栗田さんがやったように見せかけて！」

「久子……」

美津子はよろけた。

「あんたのため……。あんたのためだったのよ！」

クロロックは、ゆっくりと首を振って、

「あんたは、栗田伸子のほうだけがライバル意識を燃やしているようなことを言ったが、それは、娘が栗田ますみより上だ、という余裕があったからだ。しかし、実際のところは……」

「私、いやだったんです」

と、久子が言った。

「陸上、やめようと思ってました」

「久子……」

「私がますみに勝てるのは陸上だけ。でも、ますみに勝ちたいなんて、思ったこともないわ」

「そうなんです」

　と、肯いたのはエリカである。

「私、たまたま久子さんとますみさんの話を聞いてしまったんです。ますみさんは、久子さんを『お姉さん』と呼んで、慕《した》っているんですよ。二人は姉妹のつもりでいる。それなのに、母親同士は……」

「愚かなことだ」

　と、クロロックが厳しい口調で、

「そんな気持ちに、悪魔がつけ込む。——こんなまがいものの悪魔でもな」

「あなたは、この男が、自分の次に栗田さんの所へ行くだろう、と見当をつけたんでしょう？　で、栗田さんが男の催眠術にかかるのを見て、利用してやろうと思い立った」

　エリカは、久子へ目をやって、

「そんなことをして、久子さんが喜ぶと思ったんですか？」

　美津子は、その場にしゃがみ込んでしまった。エリカは続けて、

「自分で、お風呂に頭までつかり、誰かに殺されかけた、と言った。この男が栗田伸子さんを外へ誘い出し、足を泥だらけにさせる。——伸子さんを病院へ入れたままにしておこうとしたんですね」

　美津子が泣きだした。——久子が、母親の肩にそっと手を置く。

「――考え直すことだ」

と、クロロックが言った。

「幸い、直接、誰も被害はこうむっていない」

「この男以外はね」

エリカは、地面にのびている男へと目をやって、言った……。


「じゃ、その男はいったい何だったの?」

と、みどりが訊いた。

「要するに悪魔教みたいなものにとりつかれてたのよ。少し催眠術ができるっていうだけでね」

エリカはランチを食べながら言った。

千代子《ちよこ》も含めて三人、帰りにレストランに寄っていた。

土曜日の午後である。

「催眠術か……」

と、みどりが言った。

「私なら、先生にかけちゃう。テストの問題、しゃべらせるんだ」

「もうちょっと、ましなこと思いつかないの?」

と、千代子が笑った。

「たとえば？」

「好きな男の子に、恋の告白をさせるとか、さ」

（作者としては、編集者に「もう原稿をもらった」と思わせてみたい……）

「──ね、見て」

と、エリカが言った。

「久子さんたち。──ここへ入ってくる」

相原久子と、栗田ますみの二人が、レストランへ入ってきた。

「──あ、エリカさん」

と、久子がやってくる。

「練習ないの？」

「とりあえず、いったんやめたの」

と、久子は微笑んで、

「その気になったら、また二人で始めようってことにして」

「だから、安心して甘いものも食べられる！」

ますみがそう言って笑った。

「お母さん、退院したって？」

「もうすっかり元気。――相原さんと二人でお店始めようか、なんて言ってた」

「すてきじゃないの」

「ねえ。この二十年、何だったんだろう、って、二人とも嘆《なげ》いてる」

「でも、この先のほうが、ずっと長いわ」

と、エリカは言った。

そうそう。クロロックの「口紅」騒ぎのほうはどうなったかといえば――。

口紅のあとは、涼子《りようこ》に見つからなかった。しかし、栗田伸子の香水の匂《にお》いを、涼子は敏感にかぎつけていたのである。

おかげで、クロロックは、涼子が温泉に遊びに行っている間、虎《とら》ちゃんをおぶって出社するはめになったのだった……。

解　説

細《ほそ》谷《や》正《まさ》充《みつ》

日本のミステリー界における、赤川次郎の功績は数多いが、ひとつは若者たちをミステリーの愛読者へと導いたことであろう。いったい、どのようにして導いたのか。その意味を説明するために、まずは作歴を振り返ってみることにしたい。

一九七六年、短篇「幽霊列車」で第十五回オール讀物推理小説新人賞を受賞した赤川次郎は、七八年に上梓した『三毛猫ホームズの推理』のヒットにより、たちまち人気ミステリー作家となった。その一方で、デビュー初期から積極的に、ジュブナイル・ミステリーに取り組んでおり、朝日ソノラマ文庫から『死者の学園祭』（一九七七）『赤いこうもり傘』（一九七八）、コバルト文庫から『幽霊から愛をこめて』『ふたりの恋人』（一九八〇）を刊行している。そして一九八一年に、コバルト文庫で『吸血鬼はお年ごろ』を刊行すると、これをシリーズ化して、現在に至るのである。

ついでに八〇～九〇年代のコバルト文庫についても触れておこう。コバルト文庫は、集英社が発行している、少女向けの小説レーベルだ。一九七六年、集英社文庫コバルトシリーズとして創刊され、その後、コバルト文庫に改名された。当初は富島健夫《とみしまたけお》など、既存作家が中心であったが、しだいに若い作家が出てきて、メインの読者層である中学・高校生に近い目線の作品が増えていく。氷室冴子《ひむろさえこ》・久美沙織《くみさおり》・新井素子《あらいもとこ》・藤本ひとみ《ふじもと》・前田珠子《まえだたまこ》・桑原水菜《くわばらみずな》……。これらの作家の人気シリーズが、八〇年代中盤から九〇年代にかけて次々と生まれ、コバルト文庫は売れに売れたのである。

いささか個人的な話になるが、私は昔、田舎の本屋の店員をしていた。ちょうど、コバルト文庫が絶好調の頃である。新刊の発売日になると、人気作家の本が、とにかく飛ぶように売れた。中学生や高校生が学校から帰ってくる夕方になると、平積みした山が、みるみるうちに減っていくのだ。取次から送られてくる箱には、二十五冊を一括《ひとくく》りしたものが四個入っているのだが、二時間くらいで空箱が積み重なったものである(レジと品出しが忙しくて、空箱を片付けている暇がなかった)。後に、今野緒雪《こんのおゆき》の「マリア様がみてる」シリーズがヒットして、大きな話題になったが、かつてのコバルト文庫の売れ方を知っていると、さして驚くものではない。いやもう、本当に凄い時代だったものだ。そしてその中に、赤川次郎の「吸血鬼はお年ごろ」シリーズもあったのだ。

先にも触れたように、当時のコバルト文庫人気を支えていたのは、読者と感性を共有できる、若い女性作家がメインであった。その意味で、最初から〝大人の作家〟であった作者は、コバルト文庫での立ち位置が、やや特殊だったといえるかもしれない。だが作品の人気は、他の作家のシリーズと比べても遜色なかった。しかも三〇年以上の歳月を経て、今なお続いているではないか！　これこそ赤川作品が、時代も読者層も超越した普遍的な魅力を持っていることの証拠であろう。本書を読んで読者諸氏にも、その魅力を、感じてほしいのである。

本書『吸血鬼愛好会へようこそ』は、「吸血鬼はお年ごろ」シリーズの第十一弾だ。一九九二年六月、コバルト文庫から刊行された。収録作は三篇。冒頭の「吸血鬼愛好会へようこそ」（「Ｃｏｂａｌｔ」一九九二年四月号）は、神代《かみしろ》エリカの通う大学を中心に、奇妙な事件が発生する。大学のサークルに《吸血鬼愛好会》というものがあり、その入会資格が〝夜中に、若く美しい女性を吸血鬼の恰好でおどかして、気絶させること〟だというのだ。その《吸血鬼愛好会》に、君原《きみはら》さと子が気にしている小田切弘《おだぎりひろし》が入会しようとしたが、おどかそうとした女性から痴漢と間違われ、散々な目に遭《あ》う。さらに、その騒動の近くから女性の死体が発見された。吸血鬼絡みの事件となれば、放ってはおけない。エリカとクロロックは、事件解明に乗り出す。

続く「吸血鬼は鏡のごとく」（「Ｃｏｂａｌｔ」一九九一年一二月号）は、芸能界で起きた事件に、エリカとクロロックが挑む。人気アイドルが楽屋の鏡の中に見たものは、七年前の殺人事件。アイドルで売出し中だった宮川《みやがわ》サト子という少女が、何者かに刺殺される場面だった。どうやら鏡にサト子の怨念が残っていたらしい。〈クロロック商会〉の雇われ社長で、関連の広告会社からTVCM出演を頼まれ、TV局に来ていたクロロックは、鏡に映った凶行を見て失神した人気アイドルを助けたことから、事件にかかわっていく。

そしてラストの「吸血鬼に向かって走れ」（「Cobalt」一九九一年四月号）は、エリカの大学の〈学部対抗駅伝大会〉で行われた、奇妙な不正行為から幕を開ける。一位の相原久子《あいはらひさこ》を、タッチの差まで追い上げた栗田《くりた》ますみ。だが、ますみは競技の途中、母親の車に乗っていた。お遊びのような駅伝で、なぜそんな不正をしたのか。やがて久子とますみの意外な関係が判明し、さらにクロロックが、ますみの母親から血を吸うように求められる。思いもかけない騒動に巻き込まれたエリカたちは、何事が進行しているか見極めようと動き出すのだった。

——と、三作の粗筋《あらすじ》を記して、あらためて思うのは、自分の創り出した作品世界を活用する、作者の巧みなテクニックだ。吸血鬼が存在しているからこその、謎や展開を、有効的に使用しているのである。たとえば「吸血鬼愛好会へようこそ」や「吸血鬼に向かって走れ」は、事件の動機の部分に、吸血鬼が深くかかわっている。このシリーズだからこそ、成立するミステリーになっているのだ。また、「吸血鬼は鏡のごとく」で、鏡に映る光景が本物だと、なんのエクスキューズもなく納得できるのも、吸血鬼という人外の存在が当たり前に暮らしているからである。吸血鬼が居るのだから、そんな不思議なことが起こってもおかしくないと、考えてしまうのだ。

さらに事件を調べる場面にも留意したい。吸血鬼といっても、クロロックやエリカの力は、それほど凄いわけではない。ちょっとしたエネルギーが扱えたり、身体能力が人間を大幅に上回っていたり、催眠術が使えたりといったところだ。でも、これが役に立つ。特に催眠術は、聞き込みのときに便利だ。自分を嫌う人だろうが、刑事だろうが、言う事を聞かせることができるのである。これによりテンポよく、ストーリーが進行していく。吸血鬼の特性を、物語そのものにまで組み込む、作者のテクニックはさすがというしかないのである。

また、お人好しの吸血鬼父娘《おやこ》（エリカは吸血鬼と人間の間に生まれたので、純然たる吸血鬼ではないが）の活躍から見えてくる、人間の在り方も読みどころだ。「吸血鬼愛好会へようこそ」で、クロロックはエリカに、

「いや……何といっても、人間のやることのほうが、吸血鬼などより何倍も恐ろしい。しかし、人間によっては、吸血鬼の名前だけを借りようとする奴らもいる。いつの世にも、悪者にされやすい種族があるものなのだ」

といっているが、この〝人間のやることのほうが、吸血鬼などより何倍も恐ろしい〟

は、本書を貫く、テーマといえよう。「吸血鬼愛好会へようこそ」の犯人の動機。「吸血鬼は鏡のごとく」で、七年前の事件の犯人に気づいた人物の行動。「吸血鬼に向かって走れ」の、娘すら道具にした母親の妄執。どれも人間の醜さの産物である。それが、本来は化物であるはずの吸血鬼父娘によって暴かれる。心の裡《うち》に何を抱いているかで、人は容易に、化物以上の存在になってしまう。クロロック一家の、普通に幸せな生活が、その事実を際立たせるのである。

なお本書には、皆川《みながわ》教授という人物が出てくるが、これはブラム・ストーカーの『吸血鬼ドラキュラ』に登場する、ミナ・ハーカーから採られているのだろう。主人公の妻になる女性であり、友人にあてた手紙に、助教員をしていると記している。なるほど、それを踏まえて教授なのかと、ついニヤリ。

これに関連して、「吸血鬼愛好会」の各章のタイトルにも注目。最後の章のタイトルが「君の血を……」ではないか。こちらは、シオドア・スタージョンの異色の吸血鬼譚である『きみの血を』を捩《もじ》ったものであろう。こうした粋《いき》なお遊びは、シリーズの随所にある。

そうそう、お遊びといえば、このシリーズ、ちょこちょこと作者本人が顔を出すのだ。たとえば、「吸血鬼に向かって走れ」の中で、エリカ・みどり・千代子《ちよこ》の親友三人組が、ある能力の使い道について会話しているところで、いきなり

（作者としては、編集者に「もう原稿をもらった」と思わせてみたい……）

という一文が挿入されるのである。こういうメタフィクションなギャグに出会うと、ああ、作者はこのシリーズを、本当に楽しみながら書いているのだなと、確信してしまうのだ。読者を楽しませることを最優先しながら、たまに作者も一緒になって遊んでいる、愉快な「吸血鬼はお年ごろ」シリーズ。不老不死だといわれる吸血鬼のように、これからいつまでも続いてほしいものだ。

この作品は一九九二年六月、集英社コバルト文庫より刊行されました。

集英社文庫

吸血鬼《きゅうけつき》愛好会《あいこうかい》へようこそ

2014年6月30日　第1刷　　定価はカバーに表示してあります。

著　者　赤川次郎《あかがわじろう》

発行者　加藤　潤

発行所　株式会社　集英社
東京都千代田区一ツ橋2-5-10　〒101-8050
電話　03-3230-6095（編集部）
03-3230-6393（販売部）
03-3230-6080（読者係）

印　刷　凸版印刷株式会社

製　本　加藤製本株式会社

フォーマットデザイン　アリヤマデザインストア　　マークデザイン　居山浩二

ISBN978-4-08-745201-3 C0193